DU MÊME AUTEUR
AUX ÉDITIONS PHILIPPE PICQUIER

1969

Les Bébés de la consigne automatique

Bleu presque transparent (Picquier Poche n° 60)

MURAKAMI Ryû

Kyoko

Roman traduit du japonais
par Corinne Atlan

Éditions
Philippe Picquier

Titre original : *Kyoko*

Mas de Vert
13200 Arles

En couverture : © Sigrid Estrada

Conception graphique : Picquier & Protière

ISBN : 2-87730-287-3

SOMMAIRE

« Cette traduction est dédiée à la mémoire de Saphira, Dany et Julian. »

Je dédie ce roman aux trois femmes grâce à qui le film Kyoko *a pu exister : Saki Takaoka, l'actrice principale, Sarah Cawley, le metteur en scène, et enfin la productrice, la regrettée Kyoko Ejiri.*

PROLOGUE
MONOLOGUE – KYOKO

Un grillage de barbelés.

Il s'étend à perte de vue, ce grillage de barbelés plus haut que moi, et recouvre ma mémoire.

Mes parents sont morts dans un accident de voiture, j'avais quatre ans.

Mon oncle et ma tante m'ont recueillie, élevée. Dans leur ville, il y avait une base militaire américaine. Je suis allée à la maternelle, puis à l'école primaire, en longeant un grillage de barbelés.

De l'autre côté des barbelés, on apercevait des avions de guerre camouflés, les quartiers d'habitations des soldats américains, des pelouses vertes et aussi des bannières étoilées.

L'été de mes huit ans, j'ai fait la connaissance de José.

José Fernando Cortés.

C'était un G. I., et un danseur.

L'espace de quelques mois, il m'a appris à danser.

Il prenait son radiocassette, et nous allions danser dans des parcs ou des terrains vagues. Jamais je n'avais entendu de musique comme celle que diffusaient ses cassettes.

Quelle joie c'était de danser, bien dans le rythme, sur cette musique langoureuse qui me faisait battre le cœur à force de l'écouter.

Quand je dansais avec José, j'oubliais tous mes chagrins.

Ça ne m'était jamais arrivé avant.

Même quand ma tante m'achetait des habits neufs, même quand j'allais au parc d'attractions et que je montais sur les manèges, ou quand j'allais à la piscine avec des amis, nulle part je ne retrouvais la joie intense que je ressentais en dansant avec José.

Je me rendais compte que la danse éliminait de mon corps toutes les souillures, elles s'en allaient avec la sueur.

Mais n'allez pas croire qu'il suffisait de transpirer.

Tout l'axe du corps devait suivre le tempo de cette étrange musique, à la fois mélancolique et palpitante.

— Ecoute bien la musique ! m'apprenait José en pointant un doigt sur mes oreilles puis sur les siennes, et sur l'appareil d'où s'échappait le son.

Le jour où José est reparti en Amérique, je lui ai offert une clochette à vent.

Lui, il m'a fait cadeau de son adresse à New York et d'une paire de chaussons de danse. Des chaussons de danse de fabrication française, sur lesquels il avait écrit mon nom.

Kyoko.

C'était la première fois de ma vie que je mettais des chaussons de danse. Ils étaient si légers, si souples, qu'ils me donnèrent la sensation d'enfiler une deuxième peau.

Après le départ de José, j'ai continué à danser. Je persévérais en me disant qu'un jour, quand j'aurais fait suffisamment de progrès, je danserais à nouveau avec José.

A la fin de mes années de lycée, j'ai trouvé un job dans un fast-food et j'ai passé mon permis de conduire, après quoi j'ai passé le permis poids lourd et suis devenue chauffeur de camions.

J'aimais bien conduire, et cela m'arrangeait de travailler sans avoir à parler à personne.

Et surtout, je voulais gagner de l'argent pour aller à New York.

Le printemps de mes vingt et un ans, j'ai enfin acheté mon billet pour New York.

J'ai demandé deux mois de congé à ma société.

J'étais un peu inquiète à l'idée que José ait pu m'oublier : nous ne nous étions jamais écrit depuis son départ douze ans plus tôt. Mais je suis quand même partie pour New York.

Mon seul but était de le revoir, de lui dire merci, et de danser avec lui, pour l'entendre dire que j'avais fait des progrès.

Mais ce voyage a tourné d'une façon que je n'aurais jamais imaginée.

De New York, je suis descendue jusqu'à Miami, par l'autoroute *Interstate 95*, et finalement cela m'a menée jusqu'à un petit pays dans les Caraïbes : Cuba.

Et dans l'intervalle, j'ai fait un tas de rencontres.

I

RALPH BIGGS

— G. I. ?! José était soldat ? Moi qui croyais que les soldats américains passaient leur temps à tuer des gens !

La première fois que j'ai rencontré Kyoko, c'était devant l'entrée de mon immeuble, on était au printemps, mais il faisait encore plutôt froid pour la saison. J'avais fini de travailler tôt ce jour-là, j'avais garé la limousine sur le parking souterrain à côté de chez moi, et j'étais en train de marcher dans la 11ᵉ Rue tout en téléphonant à Joan. Les portables, c'est pratique, c'est ma boîte qui paie les factures, et téléphoner en me baladant, ça me donne l'impression de faire partie d'une élite, d'être courtier en Bourse par exemple. Joan, c'est une serveuse d'un *expresso-bar*[1] de la 18ᵉ Rue qui m'a tapé dans l'œil, une Blanche, mais une fille super. J'ai bu au moins vingt *capuccino* dans son bar, après quoi je lui ai demandé son numéro de téléphone personnel, dans l'intention de l'inviter

1. Tous les mots ou expressions en italique figurent en anglais (ou en espagnol) dans le texte original. *(N.d.T.)*

un de ces jours. Et ce jour-là, c'était l'occasion ou jamais : je pouvais me servir de la voiture pendant trois heures. J'avais des Allemands comme clients. Toute la matinée je les avais promenés *downtown* mais l'après-midi, ils avaient une conférence ou je ne sais quoi et ils m'avaient donné quartier libre. J'ai dit à Joan : je t'emmène manger quelque part, je viens te chercher en limousine. Et tu sais quoi ? Ma limousine c'est pas une *long stretch* ordinaire, c'est une *super stretch* ! Ça veut dire qu'elle fait soixante-dix-huit centimètres de plus qu'une limousine ordinaire, ma boîte possède même une *super super stretch*, et dans celle-là, tu ne vas pas me croire, il y a une baignoire à l'arrière, mais en fait personne ne l'utilise, à part des crétines de rock-stars, ou alors des Japonais. (Je n'avais jamais eu de clients japonais jusque-là, mais des collègues à moi m'avaient dit que les Japonais, question pourboire, c'était le pactole.)

Et donc, tout en discutant avec Joan au téléphone, je suis arrivé devant l'escalier de l'entrée de mon immeuble. Ce n'est pas que j'aime particulièrement les Blanches, mais cette fille, Joan, elle dégageait une atmosphère particulière. Comment dire, classique, quoi, pas comme ces filles bizarres qui ont encore l'air de pucelles à trente ans, dont la seule raison de vivre est le yoga, ou qui se font percer le nombril ou la langue, il y en a de plus en plus ces temps-ci, non, Joan, elle, c'est une vraie femme, la partie inférieure de son corps dégage de ces vibrations, tu croirais des bouffées d'air se dirigeant droit sur toi. Ce qu'elle m'a dit au téléphone m'a fait un choc : elle voulait aller au *SPQR*. Moi, le *SPQR*, j'y suis déjà allé plusieurs fois, mais pas en tant que client, en tant que chauffeur de limousine. Autrement dit, je suis allé jusqu'à l'entrée, sans plus. Bien, comme restaurant, mais cher. Tu bois un vin un peu haut de gamme et tu prends un dessert, il faut tout de suite compter dans les deux cents dollars pour deux personnes, pourboire compris. Moi, évidemment, je n'avais pas une somme pareille. Je me suis dit, là, elle me teste, ce n'est pas le moment de dire : tu sais, la cuisine italienne, ça fait grossir, si on commandait plutôt de la cuisine cambodgienne ou thaï livrée à domicile, on irait chez moi, et on écouterait de vieux disques de Philadelphia Sound ou bien on regarderait des jeux télévisés, hein ? Je venais à peine de la rencontrer, et dans ce cas-là, il vaut mieux mettre une fille d'humeur fantastique, quitte à mentir. Alors j'ai dit OK, je vais appeler pour réserver, je te rappelle tout de suite après. En m'y prenant de cette façon, je pouvais m'en tirer avec une bonne excuse, lui dire que c'était complet ce soir, par exemple.

Il y avait une fille, une Asiatique, debout devant l'entrée de mon immeuble. En la regardant de plus près, j'ai remarqué qu'elle était vraiment mignonne, mais comme elle était asiatique, impossible de lui donner un âge. Elle m'a demandé : est-ce qu'il y a quelqu'un qui s'appelle José Cortés dans cet immeuble ? Dans mon immeuble, il y a des appartements de toutes sortes, ça va du somptueux appartement en terrasse à huit mille dollars par mois à la chambre de bonne à cinq cent soixante dollars, mais je n'ai jamais vu de Latino dans l'immeuble. J'étais ennuyé pour elle, je lui ai demandé si par hasard elle ne s'était pas trompée d'adresse. Elle a sorti un bout de papier d'une poche de sa veste ornée d'un col en boa et elle me l'a montré. Elle avait sûrement recopié elle-même une adresse que ce José Cortés lui avait donnée, parce qu'il y avait des fautes d'orthographe à deux endroits et en plus ce n'était pas à Manhattan mais à Queens. Ça arrive souvent, à Queens et à New Jersey, il y a plein de rues qui ont le même nom qu'à Manhattan. *No, baby*, je lui ai dit, ton adresse, c'est dans Queens. Tu vois la lettre *q* écrite là ? Au fait tu es chinoise ? *Japanese*, elle m'a répondu, et c'est loin, Queens ? Ça dépend où tu vas exactement, mais en métro tu en as pour une heure, une heure et demie. Merci, elle a dit, et elle a commencé à redescendre les marches. Hé, attends, j'ai dit, pendant que plein de mots se télescopaient dans ma tête : *SPQR*, Joan, limousine, Japonais. Je me suis aussitôt fait une petite projection d'images couleurs : elle allait retrouver son José Cortés en *super stretch*, moi, je mangeais des côtes de veau chez *SPQR* avec Joan, en buvant un vin italien rouge sang, du brunero ou brinero ou je ne sais quoi, bref, les scènes du film le plus optimiste qui soit.

Tout d'un coup je me suis aperçu que j'étais en train de la suivre en marmonnant : « *Japanese.* » Je l'ai rattrapée, et je suis passé devant elle pour lui expliquer la tractation. Attends voir, moi je suis chauffeur. Je faisais tous mes efforts pour parler lentement dans un anglais compréhensible, sans employer d'argot, sans dire *fuck* ou *hell* à tout bout de champ. Je ne me rappelais pas avoir parlé un anglais aussi correct depuis au moins dix ans. *Hey*, *miss*, si tu vas à Queens, pourquoi ne pas utiliser mes services ? J'ai une voiture. Un taxi ? demanda-t-elle. Non, j'ai dit d'un ton outré, comme un Mexicain qui essaie de faire monter les enchères pour vendre sa camelote. Une limousine ! Tu es déjà montée dans une grande limousine noire ? Je subodorais que cette fille n'avait jamais pris de limousine de sa vie. Elle n'avait pas du tout le look des crétins qui se baladent en limousine. Comme je dis toujours, ceux qui ont le moins de respect pour les types qui se trimballent en limousine, ce sont leurs chauffeurs ! Il y a des exceptions, c'est sûr, mais la majorité des clients nous ignorent totalement. Ce n'est pas qu'ils nous traitent comme des chiens ou des robots, non, ils nous ignorent carrément, ils font l'impasse totale sur notre personnalité, notre caractère. C'est pareil pour les serveurs, les grooms ou les femmes de chambre, remarquez.

Je ne peux pas dire que ce soit à cause de ça, mais en tout cas, les types que je prends comme clients dans ma limousine ne m'ont jamais paru très sympathiques. Ils ont une seule chose en commun, c'est leur look : ils portent tous des fringues de luxe. De temps en temps il y en a qui débarquent avec des jeans troués aux genoux mais, même ceux-là, ils ont toujours un détail superluxe, les chaussures ou la cravate, ou alors un collier, une ceinture, une montre.

Elle, naturellement, son style différait de tout ça, à la réflexion, c'était sûrement son premier voyage en

Amérique, et même son premier voyage hors du Japon, pourtant, comment dire, elle se fondait dans le paysage de Manhattan. Elle avait une allure à te dire : Moi ? Ça fait trois ans que je vis à Chelsea, je suis un cours de ballet moderne, je travaille dans un magasin de produits bio. Ce genre de fille ne se balade pas en limousine *super stretch*.

— Combien ça ferait ? elle m'a demandé. Question difficile : le but était de gagner de quoi inviter Joan à dîner, j'étais bien obligé de mentir. Normalement, ça coûte deux cents dollars, mais pour toi, je te fais la course à cent quatre-vingts dollars. Je me suis dit après coup que j'aurais dû dire ça d'un ton plus naturel, mais c'était trop tard. Quoi ? Quelle sottise ! elle s'est exclamée sous l'effet de la surprise, puis elle a répété pour vérifier : cent quatre-vingts dollars ?! J'ai hoché la tête, et alors elle a fait : désolée, je ne dispose pas de cette somme. Elle s'est faufilée sur le côté et a commencé à s'en aller. Moi j'ai pris une profonde inspiration, pas question de renoncer, je me suis dit, et je me suis remis à la suivre en essayant de ressembler à Eddy Murphy et en murmurant : Dieu, donne-moi de la force ! Je l'ai dépassée, me suis mis face à elle et ai commencé à sortir mon boniment à toute vitesse. Attends ! Attends juste une petite minute, tu veux aller à Queens, c'est bien ça ? Et comment tu crois que tu vas y aller ? En métro ? Pas question ! Le métro c'est dangereux, surtout pour une jolie fille comme toi, en bus, alors ? Impossible ! Tu seras obligée de changer de bus au moins cinq fois avant de trouver ton adresse, en taxi ? Ça ne va pas non plus, les *yellow cabs* ne quittent pas l'île de Manhattan, c'est une règle de base, tu saisis ? Ce que j'essaie de te dire c'est que pour sortir d'ici, trouver l'adresse de ton ami, et revenir ici ensuite, cent quatre-vingts dollars, c'est pas si cher que tu crois, la limousine, je l'amène ici, sous ton nez, tu n'auras pas besoin de faire un seul pas ! Et tu n'auras pas un centime supplémentaire à payer, pas de charges, pas de pourboire, rien, cent quatre-vingts dollars tout compris, ce n'est pas un mauvais *deal*, crois-moi ! A part le fait que le métro était dangereux, tout ce que je lui disais était vrai. Le métro de New York, il y a encore peu de temps, tout le monde disait que c'était plus dangereux que Beyrouth ou le Nicaragua mais maintenant, on y est plus en sécurité que n'importe où ailleurs. J'ai différents amis qui ont diverses théories là-dessus, mais moi je crois que la raison principale c'est le sida. Il y a beaucoup moins de gens qui prennent des drogues dures depuis qu'on voit les gens mourir du sida comme des mouches. Tout le monde sait que la piquouse peut entraîner la mort, rien que ça, ça a fait diminuer le nombre de junkies, je ne te dis pas, et du coup il y a aussi moins de droguées qui font le trottoir, et ça a fait baisser la criminalité. C'est le même principe que ce que j'ai lu dans un article de *USA Today* : si le nombre de voitures diminuait d'un cinquième seulement, la plupart des embouteillages disparaîtraient, tu vois.

Elle a réfléchi. Elle ne me l'a dit qu'après, mais elle était venue en bus de son hôtel *uptown* jusqu'à mon immeuble. Et la première fois qu'on vient à New York ce n'est pas évident de prendre le bus. Elle avait laissé passer l'arrêt où elle était censée descendre, si bien qu'elle avait fait pas mal de pas inutiles. C'est vrai qu'elle était jeune et que quand on vient faire du tourisme, ce n'est pas bien grave de se tromper d'un ou deux arrêts de bus en allant au musée par exemple et de marcher un peu. Mais elle, elle avait un but sérieux ; si elle était venue à New York c'était pour retrouver ce type nommé José Cortés.

— Vraiment pas plus que cent quatre-vingts dollars ? elle m'a demandé après avoir réfléchi un moment, tête baissée. J'ai hoché la tête. Mais oui, je t'assure. Ça y était, le *deal* était conclu avec une facilité que pouvait nous envier l'industrie automobile pour les négociations entre les USA et le Japon. Voilà comment je l'ai rencontrée, Kyoko. J'avais besoin de gagner cent quatre-vingts dollars d'une façon expéditive, et elle, elle avait besoin d'aller à Queens retrouver José Cortés, voilà tout, et elle a dû se dire que cent quatre-vingts dollars ce n'était pas si cher après tout. Mais on devait avoir un lien prédestiné, parce que finalement, notre relation est devenue cent fois plus profonde que ce qu'on aurait pu croire au début. Mais même aujourd'hui je serais incapable de dire si ça a été un bienfait pour elle ou non.

Kyoko a été enchantée par ma *super stretch*. Je lui ai dit : si tu veux savoir comment marche un des accessoires, chauffage, toit ouvrant, minibar, télévision, téléphone, ou autre, tu n'as qu'à demander, et j'ai été plutôt étonné quand elle m'a demandé si j'avais des freins à disques et quel était le volume de gaz d'échappement. Elle m'a expliqué qu'elle avait travaillé comme chauffeur routier. Je lui ai dit, d'après ton physique, je t'aurais plutôt prise pour une danseuse, et elle a répondu : je suis aussi danseuse. Je me demandais si elle était vraiment japonaise. Moi, les Japonais je les voyais plutôt avec des lunettes, en costard sombre, toujours en train de sourire pour cacher ce qu'ils pensent et de se faire des centaines de petites courbettes. Je me suis dit, chauffeur de poids lourd et danseuse en même temps, c'est cool, ça. Mais j'ai fait une grave erreur, parce que, au lieu de traverser le pont et de prendre à travers les quartiers d'habitation, même si c'était compliqué, je n'ai pas voulu m'embêter à passer avec ma *super stretch* dans ces rues étroites et tortueuses, et j'ai pris le *Midtown Tunnel*, seulement là je suis tombé sur un embouteillage monstre. Vers le péage de sortie, c'était particulièrement terrible, on mettait trois minutes quarante secondes pour avancer d'un mètre, ça m'a énervé mais j'ai tenu le coup. C'était agréable de discuter avec Kyoko. Elle m'a raconté en détail comment les chauffeurs de camions s'y prenaient au Japon pour contourner les embouteillages. Je ne connaissais aucun des noms de villes ou de rues qu'elle citait, mais bon... Quand nous sommes enfin arrivés à Queens, au bout d'une heure et demie, je lui ai demandé : mais qui c'est, ce José Fernando Cortés ? Un danseur, a répondu Kyoko. Je ne sais pas exactement pourquoi, mais je trouvais que ça clochait quelque part, cette association d'un nom hispanique et du métier de danseur. Ça me faisait une impression sinistre. Finalement, mon pressentiment s'est révélé juste. Les pressentiments, quand ils sont mauvais, ils sont toujours justes.

L'immeuble se trouvait dans un coin, un peu à l'écart d'un quartier d'habitation minable de Queens. Ça valait un peu mieux que les quartiers de maisons de correction ou les établissements de l'assistance publique comme Redhook à Brooklyn par exemple, mais enfin, ce n'était pas le genre d'endroit qui vous rend particulièrement gai. Pas vraiment un bidonville. A New York, les quartiers qu'on peut appeler bidonvilles sont de moins en moins nombreux. Une partie du Bronx, et c'est à peu près tout.

En tout cas, il n'y a sûrement pas grand-monde qui se déclarerait prêt à venir habiter par goût dans le coin où j'avais garé ma limousine. La *middle class*, en général, fuit comme la peste ce genre de quartiers pleins de pizzerias où les chômeurs allocataires peuvent manger et boire avec des coupons distribués par l'aide sociale. Il n'y avait pas beaucoup d'enfants, ça m'a rassuré. Les gamins de ces quartiers pauvres, ils ne voient rien d'autre dans une grande limousine noire qu'un objet de haine, bon à attaquer. Moi aussi quand j'étais môme j'étais comme ça. Kyoko avait l'air étonnée que son José puisse habiter dans un coin pareil. J'étais un peu inquiet, ça ne me semblait pas l'endroit rêvé pour de joyeuses retrouvailles.

Nous nous dirigions tous les deux à pied en direction de l'entrée de l'immeuble quand une fenêtre s'est ouverte, et un type décharné, habillé bizarrement, a fait son apparition. En nous voyant, il a fait : entrez vite, je vous attendais. Il avait une façon sinistre de parler, et par-dessus le marché, c'était un malade du sida. Il doit savoir dans quel appartement vit José, a dit Kyoko en se dépêchant d'entrer dans l'immeuble. Je ne voulais pas me mêler de ce qui ne me regardait pas, mais j'ai dit à Kyoko, regarde, ce type-là a le sida. Je sais bien que le virus VIH ne se transmet pas comme ça mais je lui ai quand même dit : surtout ne lui serre pas la main, hein ? A l'entrée du bâtiment, il y avait une plaque indiquant que c'était une résidence attribuée à bas prix par la municipalité de New York aux jeunes artistes. Une plaque bon marché, en acrylique, passée à la peinture fluo. On aurait cru entendre les habitants murmurer dans le bruissement du vent : Nous sommes tous des artistes…

Le type maigre bizarrement vêtu d'une sorte de kimono japonais s'appelait David et il était peintre. Sa chambre était remplie de ses œuvres. D'après les explications dans lesquelles il se lança d'emblée sans nous demander notre avis, il posait des papiers sur les pierres tombales de gens célèbres : Andy Warhol, Janis Joplin, Jimi Hendrix, puis les frottait à la peinture, pour faire apparaître l'inscription funéraire. Ensuite, il les colorait, et cela donnait ces tableaux. Toute la surface des murs de sa chambre était couverte de plusieurs dizaines de toiles portant des noms de célébrités disparues. Je n'éprouvais aucune forme d'intérêt pour ce genre de tableaux, et Kyoko non plus. Une espèce d'énergie sans queue ni tête émanait de ces peintures et, pour couronner le tout, David toussait sans arrêt, ce qui contribuait à mon sentiment de malaise. Il toussait comme il respirait et, entre chaque quinte, parlait à toute vitesse. Je savais que le virus ne se transmet ni par l'air ni par la salive. Mais je ne pouvais pas me sentir bien en face d'un type amaigri par le sida qui toussait sans arrêt à cinquante centimètres de mon visage.

David continuait à parler tout seul de ses tableaux. Il nous prenait, Kyoko et moi, pour des marchands venus lui acheter ses œuvres. Je ne sais pas à quoi ressemblent les marchands de tableaux, mais à mon avis ils ne sont pas dans notre style. Ils ne portent sûrement pas de veste à soixante-dix-neuf dollars de chez Woolworths.

Visiblement, David était un peu dérangé. A son expression, on se rendait compte que le virus commençait à lui attaquer le cerveau. Il attendait depuis tellement longtemps la visite de ses marchands de tableaux que, en voyant débarquer une limousine *super stretch*, il s'était persuadé que seuls des marchands de tableaux pouvaient voyager dans un véhicule pareil. Il a fini par comprendre que Kyoko et moi on n'était pas des acheteurs et, à ce moment-là, son visage a pris une expression de tristesse à vous donner le frisson.

— C'est que je suis malade, moi, si les marchands de tableaux ne viennent pas, je ne peux pas acheter de médicaments, les types de la santé publique viennent souvent me proposer d'entrer en établissement mais si je fais ça je ne pourrai plus peindre librement comme je le fais, nous a-t-il expliqué entre deux violentes quintes de toux.

— Il doit y avoir un danseur appelé José Fernando Cortés qui habite ici, vous le connaissez ? je lui ai demandé. J'ai dû parler très fort pour que ma voix ne soit pas couverte par le bruit de ses quintes. Il y a cinq danseurs dans l'immeuble, il a répondu. Mais aucun d'eux ne s'appelle José, quatre sont des danseuses, et le cinquième c'est bien un homme mais il est finlandais, aucun finlandais ne s'appelle José. Il a peut-être habité ici et déménagé récemment ? j'ai demandé, mais David a secoué la tête. Ça fait quatre ans que j'habite ici, je n'ai jamais entendu parler d'un quelconque José. Sur ces mots, il a eu une quinte terrible. A mon grand étonnement, Kyoko a sorti une boîte de bonbons pour la gorge de son sac fourre-tout, s'est approchée de David et lui en a offert un. J'ai failli lui dire d'arrêter ! Sucer un bonbon pour la gorge ne peut pas arranger la toux d'un type qui a les poumons en miettes, je me disais, pourtant, bizarrement, sa toux s'est calmée un moment.

Tout de même, aujourd'hui encore, il m'arrive de repenser à l'expression qu'avait Kyoko en s'avançant vers David, sa boîte de bonbons à la main. L'expression parfaitement naturelle de quelqu'un qui a en face de lui un être qui souffre, qui a des médicaments sur lui et donc s'avance pour en donner à l'autre. Depuis, ça m'est arrivé plusieurs fois de me rappeler cette expression qu'elle avait. Je ne sais pas si c'est une particularité des Japonais dans leur ensemble, ou si c'est seulement dû à la personnalité de Kyoko, mais ça m'avait étonné. Elle devait être déçue, puisque David venait de lui dire qu'il n'y avait personne du nom de José dans l'immeuble. Elle était venue exprès depuis le Japon pour le voir, et pour reprendre ses propres mots, elle avait été « sauvée par José et par sa danse ». Pourtant, je ne sais pas comment dire ça, on ne sentait aucune ambivalence sur son visage. Pas une trace indiquant qu'elle venait d'encaisser un coup dur, qu'elle rassemblait toute sa volonté ou qu'elle faisait ça pour la galerie ou pour respecter les dernières volontés de sa grand-mère, non, rien de tout ça. Elle donnait l'impression d'une jolie cascade coulant en chantonnant des sommets vers la vallée. C'était la première fois que je voyais une expression pareille sur le visage de quelqu'un. Et je n'en revenais pas tellement ça m'émouvait.

— *Hey*, attendez un peu, je connais l'atelier que fréquentent tous les danseurs de l'immeuble, votre José, si c'est un danseur qui habitait ici avant que j'arrive, vous apprendrez peut-être quelque chose sur lui en allant là-bas. En parlant, David écrivait quelque chose sur une page de bloc-notes. Ses doigts étaient si fins qu'ils paraissaient prêts à se briser si on les serrait un peu fort. Ses doigts, ils étaient plus fins que le stylo-bille qu'ils tenaient.

L'adresse que David nous avait donnée était tout près de l'appartement de Joan, à deux blocs de chez elle à peine. Notre *deal* consistait à faire l'aller et retour Queens-Manhattan pour cent quatre-vingts dollars, mais moi, j'avais envie de terminer le voyage devant l'atelier de danse. Une fois sortis de chez

David, Kyoko s'était installée sur le siège arrière sans mot dire, et maintenant elle regardait le paysage dévasté de Queens défiler par la fenêtre, et son visage était insupportable à voir. Ce n'est pas qu'elle était particulièrement expressive, mais comment dire, elle avait une force d'impact. Mes collègues m'avaient souvent dit que c'était impossible de savoir ce que les Japonais pensent en regardant la tête qu'ils font, mais ce n'est pas vrai. En tout cas, en ce qui concerne Kyoko c'était complètement faux. Tenez, par exemple, il suffisait qu'elle me regarde en souriant gaiement pour que je me sente terriblement joyeux, et inversement, si elle paraissait en colère ne fût-ce qu'un instant – ce n'est arrivé qu'une seule fois –, j'avais l'impression d'avoir commis une faute terrible envers elle. Et si elle se mettait à avoir l'air triste, alors là, pour ceux qui la regardaient, c'était comme si la fin du monde était arrivée.

Si jamais personne n'avait entendu parler de José à l'atelier de danse, on se retrouverait dans l'impasse, et moi je n'avais aucune envie de voir l'expression de Kyoko à ce moment-là. Voilà pourquoi je voulais la faire descendre devant l'ateleir de danse, et comme ça, moi, j'irais directement chez Joan.

Je ne voulais pas spécialement laisser tomber cette fille, on s'était mis d'accord sur cent quatre-vingts dollars l'aller et retour, je l'avais un peu arnaquée en lui demandant ça pour une heure, le tarif normal c'est soixante dollars, mais on avait eu des embouteillages dans le tunnel, et on avait mis presque trois heures en tout pour faire le *trip*, alors je me disais, Dieu ne sera pas trop fâché contre moi. Mais je me trompais lourdement en raisonnant comme ça.

Parce que Joan a annulé notre rendez-vous. Sa mère avait eu une attaque. Je n'ai pas insisté, on ne peut rien faire contre ce genre d'argument mais j'étais déçu, ça on peut le dire. Je ne pouvais pas me sentir plus déprimé. Drôle de scène : dans une limousine *super stretch*, un chauffeur noir de trente-deux ans au front légèrement dégarni et une petite Japonaise de vingt et un ans à peine débarquée à New York. Ils se taisent tous les deux, accablés par le sort au point de perdre jusqu'à l'envie de parler.

Quand nous sommes enfin arrivés à Manhattan, il faisait nuit. En passant devant le *Chelsea Hotel*, j'ai eu du mal, mais je l'ai dit, j'ai dit à Kyoko : désolé, mais je ne peux t'accompagner que jusqu'au cours de danse, il faut que je ramène la limousine au garage. Je comprends, a répondu Kyoko. Elle avait l'air encore plus petite, tassée comme ça, les genoux serrés, sur le cuir noir de la banquette arrière.

Après, ça a continué, et de pis en pis. Devant l'atelier de danse, il y avait une bouche d'incendie, alors je me suis garé un peu à l'écart du bâtiment. Juste en face, c'était l'immeuble de Joan, j'ai eu comme un pressentiment désagréable. Je me suis dit, je n'aimerais pas rencontrer Joan maintenant, la voir arriver en courant, en vêtements de deuil, sanglotant comme une démente, non merci. Kyoko est descendue de la limousine, a dit « merci », pensant qu'on se quittait ici. J'ai dit « attends, je t'accompagne » et elle a souri d'un air tout content. Touché par sa joie, j'ai senti toute la tension de ma mâchoire se relâcher, et juste à ce moment-là j'ai aperçu Joan en face. Je me suis dit, ça y est, voilà mon mauvais pressentiment, personnifié, debout sur le trottoir d'en face. L'embolie de sa mère, c'était un sacré mensonge. Elle était en minijupe et elle avait rendez-vous avec un autre type, voilà la vérité. Un Blanc, évidemment. Plutôt qu'énervé, je me sentais vidé de mes forces, je m'étais fait avoir comme un bleu, si jamais elle m'avait vu et que nos regards s'étaient croisés, je me serais senti plus bas que terre, alors je me suis caché avec Kyoko dans l'ombre de la voiture. Je lui ai dit, à Kyoko : cette fille, c'est Joan. Quand on se sent très mal, ça fait du bien de parler à quelqu'un. D'un ton gai, si possible, c'est encore plus bénéfique. Ça, c'est une des choses que j'ai apprises gamin. J'avais rendez-vous avec elle ce soir, elle m'a raconté que sa mère venait d'avoir une attaque, et la voilà avec un autre type, non, mais quelle garce ! C'est ta *girl friend* ? a demandé Kyoko. J'ai déjà eu un rendez-vous avec elle, et tu sais ce qu'elle portait ce jour-là ? Un jean et une casquette imprimée « New York », et aujourd'hui, regarde un peu quelle tenue voyante elle a et ce type, non mais tu as vu la voiture de ce type ? Une Toyota violette ! Je n'ai jamais vu une voiture d'aussi mauvais goût, de toute ma vie. Enfin, avec la médisance, il faut toujours savoir quand s'arrêter. Si on en dit trop, on se sent déprimé après. Joan est montée avec sa minijupe dans la Toyota violette et elle est partie avec son petit ami. Ils se sont même embrassés en montant dans la voiture. Sur la bouche. J'étais complètement vidé. Je me suis aperçu que j'avais enlevé ma casquette. Je l'avais enlevée inconsciemment en me cachant derrière la voiture. Les casquettes de chauffeur, ça attire l'œil. Ça ressemble à une casquette de pilote, de policier ou de militaire en un peu différent, version minable. Je l'ai sans doute enlevée inconsciemment pour que Joan ne me voie pas mais je me suis dégoûté moi-même en faisant ça. Quelle garce, cette Joan, tout de même, j'ai répété en me tournant vers Kyoko, ça ne se fait pas, raconter un bobard pareil. Je n'en veux plus de toute façon, une fille pareille, c'est l'enfer garanti, mentir en disant que sa mère a eu une attaque, non, il ne faut pas raconter de mensonges aussi énormes. Tout en marchant en direction du cours de danse, Kyoko a dit : moi, je ne pourrais pas dire ça comme excuse. Mon père et ma mère sont morts tous les deux quand j'étais petite, alors je ne pourrais pas dire ça. Je me suis arrêté de marcher un instant. Incroyable, je me suis dit. Dieu est fâché contre moi parce que j'ai essayé de soutirer cent quatre-vingts dollars à cette petite fille, et Il s'est servi de Joan pour me punir.

— Est-ce qu'il y a un danseur nommé José Fernando Cortés chez vous ? Cortés, C. O. R. T. É. S. La fille de l'accueil a tapoté le clavier de son ordinateur, avant de répondre : *No*. Je n'ai aucun élève ni professeur de ce nom-là sur mes listes. C'était la première fois que je me trouvais à la réception d'un cours de danse, il y avait une étrange atmosphère, qui convenait parfaitement à Kyoko. Le décor lui convenait mieux qu'à moi qui suis pourtant né et ai grandi dans cette ville. Il y avait des affiches de ballets classiques et de Bob Fosse collées sur les murs, des photos de danseurs célèbres, l'éclairage direct, léger mais froid, évoquait un peu un hôpital. Naturellement il n'y avait pas de malades, mais ça ne respirait pas non plus la santé. Un parfum de sueur flottait dans l'air. Pas la forte odeur de transpiration qui imprègne la salle du club de basket ou de boxe d'une école, pas non plus la sueur virile d'un chantier de construction ou de travaux publics, non, c'était une odeur de transpiration bourgeoise et affectée. Normal que ça ne me convienne pas. Kyoko, elle, semblait parfaitement à l'aise dans l'atmosphère de l'école de danse. Ce n'est pas qu'elle avait l'air bourgeois, mais c'était une danseuse, et sa sueur avait sûrement un parfum élégant, ce devait être une sueur sans esprit de lutte des classes.

J'ai reposé la question d'une autre façon : je crois que José a fréquenté votre studio il y a plusieurs années, vous ne devez pas garder tout le monde sur vos listes d'ordinateur ? La réceptionniste aux ongles longs et effilés laqués de vernis vert, a secoué la tête : si vous demandiez à B. J. ? elle a suggéré en désignant le fond du couloir. Il est professeur ici depuis plus de dix ans, il doit connaître tous les étudiants qui sont passés ici, il est en train de donner une leçon au studio C, il aura fini dans cinq minutes.

Il paraît que des jeunes viennent de partout dans le monde pour prendre des cours de danse à New York.

Kyoko et moi, appuyés contre la porte d'entrée restée ouverte du studio C, on a regardé la fin du cours de B. J. Sept ou huit étudiants, suant à grosses gouttes, se cambraient ou faisaient des bonds. J'allais demander à Kyoko ce que c'était comme genre de danse mais en la regardant, la question m'est restée sur les lèvres. Elle contemplait les élèves aux couleurs de peau variées d'un œil vague et avec une expression de tristesse et de lassitude que ne pouvaient seulement expliquer le décalage horaire et la dizaine d'heures qu'elle avait passée dans l'avion pour venir jusqu'ici. Elle avait l'air grave mais épuisé, incapable de faire autre chose qu'attendre que se termine cette leçon.

— José Cortés ? Je le connais très bien, a dit B. J. en nous regardant tour à tour, Kyoko et moi, tout en essuyant dans une immense serviette la sueur qui perlait de tout son corps à la peau blanche comme une poupée de cire. Mais cela fait bien cinq ou six ans qu'il ne vient plus ici. A l'époque il y avait des bruits qui couraient, on disait qu'il s'était abîmé le dos, mais je ne sais pas au juste. B. J. avait une voix de chanteur de ballades. Alors, vous ne savez pas où il peut être en ce moment ? A cette question, il secoua la tête d'un air désolé. B. J. ? B. J. ! Téléphone pour toi ! Viens vite ! a crié à ce moment-là une voix de l'autre bout du couloir, et la poupée de cire-chanteur de ballades a quitté la pièce, nous laissant seuls, Kyoko et moi, dans la salle de cours tapissée de miroirs avec un immense C dessiné au sol. Notre unique piste venait de s'interrompre brutalement. Les yeux de Kyoko se sont remplis de larmes, et moi cela m'était insupportable.

Elle ne pleurait pas. C'est à ce moment-là que j'ai compris. L'essence de l'expressivité de Kyoko, c'est que derrière le charme de son sourire, flottait comme une ombre. Même sans être orphelin, tout le monde connaît le chagrin et la solitude. Il y a des gens qui, quand les larmes leur montent aux yeux, les laissent couler naturellement et sans se poser de questions, et d'autres qui ne s'y autorisent pas. Kyoko avait appris quelque part que pleurer ne change rien. Ou plutôt, je devrais dire, elle avait été obligée d'apprendre. Personne en ce monde n'est plus fort que le chagrin ou la solitude. Mais il y en a, c'est certain, qui refusent de se laisser vaincre. Ils ne sont pas là à hurler : je serai le plus fort ! Non, simplement, ils retiennent leurs larmes en silence. En temps normal, le visage de Kyoko était grave, on y discernait une sorte de chagrin cristallisé, mais jamais je n'avais vu une Asiatique aussi jolie.

Je l'ai appelée : Kyoko ! Mais elle ne m'a pas répondu, elle a seulement sorti son portefeuille de sa poche et m'a tendu cent quatre-vingts dollars. Trois billets de cinquante, un de vingt et un de dix. En voilà un endroit pour payer les gens, je me suis dit, mais elle, elle s'en moquait comme de l'an quarante. Elle avait fait la première chose qui lui venait à l'esprit pour refouler ses larmes, dans un état second. Moi, mes cent quatre-vingts dollars à la main, j'ai dit un truc vraiment idiot. *Hey*, Kyoko, je t'invite au restaurant italien si tu veux. Même si je l'invitais, c'était avec son argent à elle, et c'était un plan complètement stupide, mais Kyoko, tout en se tournant vers la sortie, m'a fait un gentil sourire et m'a répondu : *no thank you*, c'est gentil mais je n'ai pas faim. Il ne doit pas y avoir beaucoup de gens qui ont envie de manger des *fettucine* après avoir vu s'éteindre leur dernier indice pour contacter un ami d'autrefois, un ami si important pour eux qu'ils sont venus exprès du Japon pour ça. Mais en regardant Kyoko, c'était plus fort que moi, j'avais envie de lui dire quelque chose, et j'ai ajouté un truc aussi stupide que le précédent. Qu'est-ce que tu as l'intention de faire maintenant ? je lui ai demandé. Je ne sais pas, elle a répondu en marchant sur le bord de l'énorme C tracé en rouge sur le sol. L'heure de ranger la limousine au garage était déjà passée de quatre minutes, mais j'ai décidé de la ramener à son hôtel. Gratuitement, bien sûr.

— C'est vous qui cherchez José ? Un jeune homme aux cheveux longs, à la poitrine renflée comme celle d'une femme, était debout près de la sortie. Je m'appelle Mark, enchanté, B. J. m'a parlé de vous. Mark n'était pas une fille mais un garçon qui avait fait de la musculation intensive. Et il venait de faire renaître une piste.

Il y a un type qui s'appelle Jorge Díaz, il travaille au vestiaire du *Concorde Tower Hotel*. Ça fait deux ans qu'il ne suit plus les cours ici, mais c'est par lui que j'ai entendu parler de José. Ça avait l'air d'être un de ses amis intimes, je suis sûr qu'il pourra vous renseigner.

C'était un accident de la route, j'ai été élevée par mon oncle et ma tante, ils n'avaient pas d'enfants, ils étaient très gentils avec moi, je n'ai manqué de rien, mais comment dire, j'étais seule, je pensais que j'étais seule, José il n'a dansé que cinq mois avec moi, alors il m'a peut-être oubliée, mais il m'a aidée, il m'a sauvée, ça peut paraître exagéré parce qu'il n'a fait que m'apprendre à danser, mais c'est vrai, non, puisqu'il m'a appris ce qu'il y avait de plus important dans la vie. Il m'a sauvée parce qu'il m'a appris quelque chose d'essentiel qui permet de continuer à vivre quoi qu'il arrive, c'est pour ça que j'ai toujours pensé à le revoir, quand j'y pense je ne lui ai pas encore dit merci. Elle parlait un anglais maladroit, se trompant dans les formes du passé, mais elle était facile à comprendre parce qu'elle s'exprimait fermement, avec une étrange absence de timidité.

J'ai décidé de l'accompagner jusqu'au *Concorde Tower*. Le garage se trouvait dans le haut de la ville, pas si loin du *Concorde Tower*, somme toute. Je me suis un peu trompé de chemin, mais j'avais décidé de passer par Madison Square pour montrer à Kyoko un vieil immeuble dans la 3e Rue au fond à l'est de Madison Square Garden. Près de l'entrée de l'immeuble, qui avait été un hôtel autrefois, il y avait un groupe d'une douzaine d'enfants, leur âge allait de la maternelle au primaire. Kyoko, regarde cet immeuble, j'ai dit en désignant l'entrée du doigt au moment où nous passions devant. On était à la fin d'avril, les rues de New York fraîchissaient avec l'avancée de la nuit. Etrange spectacle, ce groupe d'enfants rassemblés devant l'entrée de l'immeuble. Ils ne faisaient rien. Certains d'entre eux fumaient des cigarettes, mais la plupart étaient simplement assis là, ou arpentaient les alentours de la porte. C'est une sorte d'orphelinat, j'ai dit à Kyoko une fois les enfants hors de vue, passé le coin de la 29e Rue. Autrefois c'était un hôtel sur le point de faire faillite, et la ville de New York a donné des subventions pour offrir les chambres à des orphelins sans soutien familial. Beaucoup d'enfants sont abandonnés devant l'immeuble, moi aussi j'ai grandi là-dedans jusqu'à l'âge de seize ans. C'est vrai ? a fait Kyoko en scrutant mon visage. Je n'étais pas en train d'essayer de lui dire : toi et moi, on est de la même condition. Simplement il me semblait comprendre la nuance quand elle disait que José l'avait aidée, l'avait sauvée, et c'était ça que j'essayais de lui dire. Moi, ce n'est pas José, c'est Ali qui m'a sauvé. Muhammad Ali, tu connais ? Le plus grand boxeur que l'histoire ait jamais connu. Kyoko ne connaissait pas Muhammad Ali. Elle s'est penchée pour me demander : un ami à toi ? J'étais un peu gêné de lui avoir révélé que j'étais orphelin, et je me suis menti à moi-même, en essayant de la faire rire pour oublier ma gêne, imitant le direct du gauche rapide comme l'éclair de Muhammad Ali. A vrai dire, j'étais au bord des larmes. J'imaginais en même temps Kyoko l'orpheline en train de danser avec un Latino-Américain nommé José, et moi il y a vingt ans, plongé dans le spectacle du match Ali contre Foreman au Zaïre. Je ne veux pas dire que les gens qui ont été élevés normalement par leurs parents ne peuvent pas comprendre la condition d'enfants comme nous, mais ce qui est sûr, c'est qu'en grandissant les gens oublient à quel point on est faible et impuissant quand on est enfant. En Amérique, il y a un nombre incroyable d'enfants abandonnés par leurs parents, et je me dis que puisque même dans ce pays qui n'est pas en guerre et représente le modèle du pays développé, il y a des situations pareilles, dans les pays pauvres ou en difficulté il doit y avoir un nombre encore plus grand d'enfants abandonnés. Chacun, enfant, a fait l'expérience de cette angoisse terrible, à vous rendre fou, simplement parce qu'on ne voit plus ses parents pendant un instant. Un enfant s'inquiète terriblement quand ses parents se font mal ou tombent malades, quand ils sont angoissés, qu'ils ont peur ou qu'ils pleurent, ou même tout simplement quand ils ne sont pas en forme. Et il y a des enfants qui sont obligés de prendre conscience que leurs parents ont bel et bien disparu, qu'ils ne les reverront jamais, qu'ils ne les prendront plus jamais dans leurs bras. Même s'ils sont tout petits, c'est la seule réalité et ils sont obligés de l'accepter. Je me souviens très bien du moment où j'ai dû accepter cette réalité-là. La conclusion à laquelle je suis arrivé à l'âge de huit ans, c'était : je suis complètement impuissant, personne ne m'aime. Je devais accepter cette conclusion comme point de départ, pour pouvoir survivre. Un jour, maman viendra me chercher, c'est sûr, ce genre de baratin ce n'est pas de l'espoir mais de l'illusion, et ça devient une gêne pour l'enfant qui doit se débrouiller seul. Les enfants qui restent dans cette illusion deviennent complètement passifs ou négatifs, et dans les cas les plus terribles, ils sombrent dans la démence ou deviennent anorexiques et se laissent mourir. Mais pour les enfants qui ont accepté la réalité, il devient difficile de s'aimer soi-même. Je ne veux pas dire que c'est Muhammad Ali qui m'a appris à m'aimer. Quand Ali a étendu Foreman sur le ring spécialement construit pour l'occasion à Kinshasa, je me suis mis à trembler, ma tête s'est vidée et tout ce qui pouvait m'ennuyer jusque-là est devenu sans importance. C'est ça, être sauvé. Ce n'est pas quelqu'un qui vous offre l'Evangile selon saint Luc ou qui vous trouve une situation. Kyoko aussi, sûrement, c'est en dansant avec José qu'elle s'est libérée de tout ce qui lui encombrait l'esprit. Je me demande ce qu'il faisait au Japon ce José. Il avait peut-être ouvert un cours de danse là-bas ? Quand j'ai posé la question à Kyoko et qu'elle m'a répondu : il était G. I., j'ai été étonné. Il était soldat ? J'ai répété sans m'en rendre compte. Mm, dans la ville où j'ai été élevée, il y avait une base américaine. Ça alors, je me suis dit. Je ne suis pas au parti démocrate, mais enfin, moi, les soldats américains, je les voyais surtout comme des assassins. Leur boulot, c'est bien de tuer des gens, non, ce n'est pas d'apprendre la danse aux petites filles ? Ça a éveillé mon intérêt pour ce type, je me demandais comment il était, ce José, mais bon, le moment de quitter Kyoko approchait.

Ça a été dur de lui dire adieu. Elle m'a dit : Ralph, merci pour tout, vraiment, puis elle a disparu à l'intérieur du *Concorde Tower*.

II

JORGE DÍAZ

— José, c'est un Américain d'origine cubaine, tu ne savais pas ?

Ça m'a vraiment fait une drôle d'impression. Il restait encore deux heures avant le début de la fête dans la salle de bal au premier, et comme je n'avais rien d'autre à faire, j'ai mis mon smoking, arrangé les cintres, les tickets, me suis appuyé au comptoir du vestiaire comme d'habitude et me suis mis à faire des dessins sur mon carnet. Quand je suis chez moi, je n'ai pas envie de dessiner. Il n'y a que pendant le travail que ça m'arrive. Ce n'est pas que j'adore cet emploi de préposé au vestiaire. J'ai continué par flemme de chercher autre chose, et voilà, ça fait trois ans déjà que je fais ça. Le travail de préposé au vestiaire de la salle de réception d'un grand hôtel se divise en deux temps extrêmes : les moments où on ne sait plus où donner de la tête, et ceux où il n'y a strictement rien à faire. Au début je peignais des cartes pour enfants où les contours sont dessinés, ensuite, j'ai dessiné au stylo sur mon bloc-notes d'employé de l'hôtel, et maintenant, je vais au travail avec un carnet à dessin et des crayons de couleur. Je dessine des personnages. Rien d'autre. Quand j'ai montré ce que je faisais à Samuel, le garçon qui partage ma chambre et ma vie, il m'a dit : c'est pas mal. Je ne m'en étais pas aperçu tout seul, mais il paraît que je ne fais que des autoportraits.

Ce soir-là, donc, j'étais en train de dessiner, quand une voix de femme, avec un accent que je n'avais encore jamais entendu, m'a dit : *Excuse me*. Ça faisait la même impression que d'entendre tout à coup un oiseau chanter au fond d'une forêt. J'ai levé la tête et il y avait devant moi cette jolie Asiatique, une fille au corps splendide, qui me posait des questions sur José Fernando.

Ça m'a vraiment fait un drôle d'effet. Entendre ce nom, José Fernando, et la voix de cette Asiatique, comme un gazouillis d'oiseau, ça m'a donné une sorte de vertige, comme si j'étais emporté ailleurs tout à coup.

Elle était danseuse. Je ne sais pas quelle sorte de danse, mais elle était danseuse. Ça se voyait même sans regarder ses jambes, rien qu'au modelé des muscles de ses joues, à sa façon de bouger les doigts. Peut-être que je n'aurais pas prêté attention à ça si je n'avais pas moi-même fait de la danse. Les danseurs ont une horreur instinctive de la perte d'équilibre. Ça se manifeste dans leur façon de se tenir, de remuer le bout des doigts. Et tant qu'ils continuent à s'entraîner, ils ont les joues creuses.

José Fernando, que de souvenirs ce nom me rappelle, j'ai l'impression d'être transporté dans le passé, ai-je murmuré, non pas à la fille asiatique, mais à l'autoportrait que j'étais en train de dessiner. Mon corps tout entier me semblait imprégné de nostalgie. Je me sentais flotter agréablement sur un nuage, et à ce moment-là, la première cliente est arrivée. Une mémé pas loin de la soixantaine, à l'air solitaire, les ongles laqués d'argent. J'ai dissimulé mon carnet à dessin sous la table. Une de ces mémés qui n'a rien de mieux à faire que prendre tranquillement le métro pour arriver deux heures avant le début de la fête, c'est justement celles-là qui prennent un air faussement naturel et arrogant, un air de dire : « je me rends deux ou trois fois par semaine à des fêtes dans des hôtels quatre étoiles », alors qu'en fait, c'est à peine une fois par an, et encore, que ça leur arrive, elles ont des bagouses à tous les doigts, et comme elles hésitent à se payer une manucure, elles passent deux heures à polir leurs ongles au vernis argenté, et le pourboire, c'est un dollar, à tous les coups. Les vrais riches, ceux qui veulent qu'on prenne soin de leurs fourrures et de leurs cachemires, ne prennent jamais l'air arrogant, et ne vous donnent jamais un dollar de pourboire.

« Je voudrais savoir où est José. » Son regard était extrêmement grave en disant ça. Aveuglant, pour quelqu'un qui a abandonné la danse. Exactement à l'opposé de la mémé de tout à l'heure. Des tennis de toile, un vieux jean à l'air confortable, une veste légère avec du boa au col, un sac fourre-tout porté négligemment sur une épaule, les cheveux simplement attachés, un mignon petit collier orné d'une pièce. Evidemment les danseurs n'ont pas d'uniforme, mais moi je sais tout de suite quand j'en vois un. Elle avait un look de danseuse. Pas le style étoiles de la danse classique comme Sylvie Guillem, Barychnikov ou Pietragalla. Non, plutôt le style des danseurs qui vont suivre un cours tous les jours, renoncent au *cheese cake*, à la bière et aux côtelettes d'agneau, et se précipitent sur les petites annonces d'audition dans les journaux spécialisés. Ils vivent dans l'incertitude, mais ils ont une aura particulière, que seul peut ressentir quelqu'un qui a renoncé à ce genre de vie.

José, ça fait deux ou trois ans que je ne l'ai pas vu, peut-être même trois, quatre, on ne se voit plus, il y a sept ou huit ans, pourtant, on allait ensemble à des auditions pratiquement tous les jours. Je ne lui ai pas dit, à la fille asiatique, qu'on n'avait jamais été choisis, à aucune de ces auditions. A cette époque, je trouvais la vie qu'on avait vraiment affreuse, on se disputait des dizaines de fois par jour avec José, j'avais d'autres amis, mais lui, il venait de Cuba et moi de Saint-Domingue et on se disputait en espagnol. José et moi, on était gays tous les deux, mais on n'a jamais été amants. Un jour, il s'est aperçu que je prenais de la coke avant d'aller aux auditions et il m'a fait des reproches cinglants. La cocaïne, il n'y a rien de pire pour un danseur, ça abîme le cœur, les cellules musculaires se détériorent. José m'a violemment reproché de prendre de la coke, il m'a même frappé. Dans cette ville il doit y avoir des dizaines de milliers de danseurs comme José et moi, sans talent, incapables de percer. Je savais que j'étais en train de devenir sentimental, mais après tout, pourquoi pas ? Cette Asiatique surgie je ne sais d'où venait me rappeler le nom d'un ami d'autrefois, si moi ça me rendait sentimental, ça n'allait pas causer de catastrophe ni de guerre dans le monde, que je sache ? Il y a des choses que seuls peuvent comprendre les gens qui ont abandonné leur passion. Seulement, ces gens-là n'ont pas le droit de s'exprimer. Cette fille devant moi, elle avait une aura dont elle ne se rendait même pas compte, mais que moi je n'avais pas. Derrière Jorge Díaz, il y avait juste trois rangées de cintres. La fille me regardait fixement. Je lui avais dit que je ne voyais plus José, mais elle ne faisait pas mine de s'en aller pour autant. Je me demande ce qu'il est devenu, José Fernando, ai-je murmuré en essayant d'éviter le regard de cette fille. J'ai renoncé à être danseur, et alors ? Ça m'est bien égal, je peux manger autant de *donuts* que je veux, et je n'ai jamais de courbatures au réveil, quel bonheur ! Ça ne m'intéresse pas de savoir si tu es heureux ou pas, semblait dire l'expression de la fille.

— Tu es allée voir à la *Cuban Society* ? Quand j'ai dit ça, elle a penché un peu la tête en faisant : hein ? Mais oui, José, c'est un Américain d'origine cubaine, tu ne savais pas ? Si tu demandes à la *Cuban Society*, je pense qu'ils sauront te donner ses coordonnées. Téléphone-leur pour voir. Elle a dit *thank you*, m'a tourné le dos et est repartie. Je l'ai entendue murmurer une fois « Américain d'origine cubaine ». Tout en la regardant se diriger vers la cabine de téléphone, je me suis demandé un instant : mais qui c'est, cette fille ? Mais j'ai tout de suite arrêté de réfléchir. J'ai mis sur un cintre le manteau de fourrure bon marché que m'avait laissé la mémé. Tous les cintres libres se sont mis à trembler ensemble sans faire de bruit. J'ai ressorti mon carnet à dessin, et j'ai commencé à colorier mon autoportrait.

III

PABLO CORTÉS ALFONSO

— Il est mort, José ! Vous n'avez pas entendu ou quoi ? *D. E. A. D., dead*, il est mort, vous êtes de la police ?

Cette fille est entrée dans mon bar un peu après onze heures du soir. Elle était accompagnée par un Noir bizarre. Quand je dis bizarre, je veux dire qu'il n'était pas des Caraïbes, quoi. Ma boutique elle s'appelle *Sur Caribe*, ça veut dire les Caraïbes du Sud, elle se trouve à l'ouest de Bowery, et mes clients ce sont des travailleurs hispaniques, de Cuba, de Saint-Domingue, de Porto Rico, du Venezuela, de Panamá, de Colombie, des *street kids*, et des putes aussi, qui viennent boire des daiquiris dans le style de La Havane. Les Mexicains ne viennent pratiquement pas. La raison principale, c'est que je ne les aime pas beaucoup. Ils sont sournois, les Mexicains. A New York, il n'y en a pas beaucoup, heureusement.

Mon bar, c'est en pleine nuit qu'il est le plus animé. C'est une tradition d'Amérique latine, mais ça a aussi à voir avec les horaires des derniers et des premiers bus entre le New Jersey et Queens. Mon bar est ouvert de sept heures du soir à trois heures du matin, mais les clients ne viennent jamais à sept heures, sauf s'il y a une fête ou une occasion spéciale. *Sur Caribe*, c'est l'endroit où se retrouvent tous les fils de prolos d'Amérique centrale et des Caraïbes. Un endroit où les ouvriers de chantiers publics qui ont fini le travail de nuit, les serveurs, les cuisiniers, les putes, viennent passer le temps en attendant l'heure du premier bus. Ils boivent une bière à un dollar cinquante ou un daiquiri à deux dollars en écoutant de la musique latine.

Je savais déjà que cette fille allait venir au bar. Miguelito, de la *Cuban Society*, m'avait téléphoné pour me prévenir. Il m'a dit, Miguelito : écoute, je crois qu'il y a une fille, une jeune, ce n'est pas une Américaine, qui va venir te voir. Elle est venue nous demander des renseignements sur José Fernando, elle ne parle pas espagnol et son anglais n'est pas parfait non plus, je ne lui ai rien dit pour José, je l'ai envoyée chez toi, ça va te causer du dérangement ?

Evidemment que ça me cause du dérangement, j'ai dit, et j'ai raccroché. Je me sentais d'humeur mélancolique. Chaque fois que je pense à José, je ne peux pas m'empêcher d'être mélancolique. José, pour moi, c'est la mélancolie même. C'était une Asiatique, cette fille. Le Noir qui l'accompagnait, il portait une veste bon marché, à première vue, il faisait mauvaise impression. Les flics en civil, ils ont souvent des vestes bon marché. Chez moi, on n'aime pas la police. Mes clients aussi les ont regardés d'un air soupçonneux, comme des intrus.

Personne ne lui avait rien demandé, mais le Noir s'est présenté quand même, je m'appelle Ralph, il a dit. La serveuse, Fátima, leur a demandé ce qu'ils désiraient d'un ton sec. J'avais prévenu Fátima, dès que je les avais vus entrer, avant qu'ils arrivent au comptoir, de leur parler du ton le plus sec possible. C'était dommage pour moi, à cette heure-ci, les habitués sont peu nombreux. Près de l'entrée se trouvaient un jeune gangster dominicain, Al López, avec sa *girl friend*, à la table centrale trois ouvriers portoricains travaillant aux Ponts et Chaussées, à la table du fond, un vieil alcoolo, au bar, une pute colombienne avec un client, c'était tout. D'ici une heure le nombre de clients aurait doublé, et le volume de la salsa augmenté : une atmosphère à décourager ceux qui ne parlent pas espagnol de s'y aventurer.

Enfin, même comme ça, ça le rendait nerveux le Noir qui s'appelait Ralph. Il a commandé un Seven up, et quand Fátima lui a dit qu'il n'y avait que du ginger ale, il a dit, les lèvres tremblantes, avec un sourire de politesse que c'était justement sa boisson préférée. La fille qui l'accompagnait était beaucoup plus calme que lui. Elle donnait une impression d'innocence, mais pour moi, c'était son côté cool qui prédominait. C'est justement ce qui a éveillé ma méfiance. Je me demandais si ce n'était pas une de ces fonctionnaires d'organismes publics, bureau de l'immigration, service des douanes, police ou ministère de la Santé publique. Quand j'y pense maintenant, c'était vraiment idiot. Elle était trop jeune, elle était habillée à peu près dans le même style que nous, mais je ne comprenais pas pourquoi elle avait été poser toutes ces questions sur José à la *Cuban Society* et était venue exprès jusque chez moi. Mon bar, ce n'est pas comme chez *SOB*, *Picante* ou *Domínguez*. Ce n'est pas un *play spot* tropical à la sauce salsa américanisée destiné à distraire les touristes et les yuppies le week-end. Je demande à mes clients d'éviter les *deals* de coke et les règlements de comptes au couteau dans mon établissement mais, à part ça, il arrive que des membres du cartel se réunissent chez moi, ou que des types qui sont arrivés sans passer par les services de l'immigration donnent rendez-vous ici à des membres de leur famille, il y a des groupes d'opposition de Saint-Domingue, des chefs de la Contra du Nicaragua qui se rencontrent ici par hasard, et des prostituées sans visa qui passent la moitié de la nuit à se raconter leurs misères. L'existence de ce bar est précieuse pour tous ces gens, et il y a une règle tacite qui consiste à éviter de me créer des ennuis. Si on me supprimait ma licence et que le *Sur Caribe* fermait, c'est eux que ça dérangerait le plus. A part Spanish Harlem, il n'y a qu'ici qu'ils peuvent discuter sans s'occuper du regard des autres. Mais évidemment, je n'aime pas pour autant que des gars de la police ou de l'immigration viennent fouiner par ici. Jusqu'ici pratiquement aucun de ces fonctionnaires n'a eu ce courage. Cette fille, même si je la regardais fixement, elle ne faisait rien pour détourner le regard, elle ne faisait que me sourire, elle donnait l'impression d'être très courtoise. Il n'y avait sans doute pas un pour cent de chances pour que cette fille et le grand benêt de Noir qui l'accompagnait soient des officiers de police. Mais moi je suis prudent. Pour survivre dans cette ville, les Américains de Cuba doivent être prudents avant tout.

Fátima a posé devant eux un jus d'orange et un ginger ale. La fille n'a pas fait un geste pour porter le verre à ses lèvres. Elle avait un regard profondément sérieux. Des pupilles aussi graves que celles d'une petite fille des Caraïbes qui attend son tour pour monter sur un bateau de réfugiés. Qu'est-ce qui peut bien donner un regard si sérieux à une jeune et jolie Asiatique comme elle ? Je prépare un daiquiri sans glace. Le daiquiri est né dans un bar de La Havane nommé *La Florcita*, mais généralement on le prépare glacé. Moi, je n'utilise pas de mixer. Parce que le bruit du mixer ça me rappelle le tumulte de La Havane. La plupart des clients adorent mon daiquiri. Un des cadres du cartel colombien m'a même demandé la recette un jour, mais il n'y en a pas. Pour faire un bon cocktail, pas besoin de recette. Si on peut, il faut utiliser le meilleur rhum, un rhum fabriqué à Cuba, le Caribbean Club, mais on n'en trouve pas par ici. Le commerce avec Cuba est interdit dans ce pays. Ce qui est déterminant dans la préparation d'un bon cocktail, c'est l'espace entre l'alcool et la glace. Du point de vue de la physique c'est impossible de laisser un espace. Ce qu'il faut pour agiter le mélange et faire que l'alcool et la glace se séparent, c'est une sorte de méchanceté. Si on a l'esprit mou et aqueux, on ne peut faire que des cocktails aqueux. Le truc pour fabriquer un daiquiri *sharp*, c'est de concentrer toute sa cruauté, une cruauté née du désespoir. C'est pour ça que les meilleurs barmen sont essentiellement des gangsters ou des réfugiés.

— Nous sommes à la recherche de José, a finalement lâché ce crétin de Ralph. Vous êtes Pablo, c'est bien ça ? J'ai hoché la tête en agitant mon shaker. Vous êtes l'oncle de José, c'est bien ça ?

Fátima me regardait. Elle avait l'air inquiet, et intéressé en même temps. Ça c'est une des caractéristiques des Cubaines. José n'est plus là, j'ai dit à ce M. Ralph. Plus là, qu'est-ce que vous voulez dire ? J'ai regardé la fille en souriant légèrement. Elle a continué à me regarder sans ciller. José avait dû leur faire des ennuis, c'est sûr. Ce garçon, depuis qu'il est tout petit, il n'a même jamais su s'essuyer le derrière tout seul. Ça c'est à cause d'Alicia, ma sœur aînée, elle l'a trop gâté. Alicia, elle a réussi à emporter ses bijoux avec elle de Cuba, si bien que le gamin a eu une jeunesse dorée. José n'a jamais eu besoin de crever de faim. Seulement c'est devenu un faible, un homosexuel, un type pitoyable qui se faisait malmener par ses camarades à l'armée quand il s'est engagé.

— Il est mort, José, j'ai dit à M. Ralph. Comment ? il a répété d'une voix niaise qui allait bien avec sa figure. Vous n'avez pas entendu ou quoi ? *D. E. A. D., dead*, il est mort, vous êtes de la police ?

En m'entendant prononcer le mot police, toute la salle s'est mise à regarder Ralph. Même le vieux Péruvien à la conscience émoussée par l'alcool a réagi au mot « police » et a levé la tête.

— Pas de blague, hein ! Le visage niais de Ralph était devenu tout sérieux. Mais il pouvait bien se mettre en colère, il ne me faisait pas peur. Le problème, c'était la fille. Au moment où elle m'avait entendu dire José est mort, elle avait pris une drôle d'expression. Je n'avais encore jamais vu une expression aussi subtile sur le visage de quelqu'un.

— Pas de blague, hein ! José a appris la danse à cette fille il y a douze ans. Douze ans, hein, elle était encore toute petite, vous comprenez ce que je dis ? Elle a fait des milliers de kilomètres, elle est venue de l'autre bout du monde pour retrouver un vieil ami important pour elle, et alors qu'est-ce qui se passe, hein ? Non, c'est trop moche, et en disant ça Ralph a posé la main sur l'épaule de la fille. Fátima me regardait fixement. J'avais les mains qui tremblaient et j'ai failli renverser du daiquiri en le versant dans le verre. José a appris la danse à cette fille au Japon ? Ça devait être quand il était à l'armée. Il n'en parlait jamais avec nous. Tout ce qu'il disait c'est que l'armée c'était ce qui pouvait exister de pire au monde. C'était impensable que ces deux-là aient inventé ça pour venir ici, avec une autre idée derrière la tête. Fátima me fixait toujours d'un regard noir. Je lui ai fait signe d'apporter le daiquiri au client. La Japonaise avait un air où se mêlaient la résignation et le désespoir. Elle avait l'air prête à fondre en larmes, mais ses lèvres hermétiquement serrées indiquaient une volonté farouche de ne pas pleurer. C'était incroyable, mais cette fille arrivait à se contrôler, même quand elle était complètement désemparée. Cela rendait son expression extrêmement subtile. Je me suis rendu compte que je compatissais avec elle. Elle commençait à m'intéresser.

— Quand est-ce arrivé ? a-t-elle demandé. C'était la première fois qu'on entendait sa voix cristalline, elle m'a fait bondir le cœur. Ça faisait un écho léger mais j'ai entendu les battements de mon cœur s'accélérer.

— Il y a trois ans. J'avais la langue un peu embrouillée pour répondre. J'ai dit : ne me posez plus de questions, s'il vous plaît. La fille avait l'air triste et lasse mais ses yeux avaient toujours de l'éclat.

Quand elle a demandé : c'était un accident ? j'ai tourné sept fois ma langue dans ma bouche. Je n'en revenais pas tellement j'étais décontenancé. Une maladie de cœur, oui, une maladie de cœur. En entendant ça, la fille a poussé un gros soupir. Fátima s'était mise à danser sur la piste avec un des ouvriers portoricains, sur du jazz funk avec des arrangements latinos. Fátima ne danse pas très bien pour une Cubaine. Hé, toi, tu viens danser ? elle a crié à la Japonaise, de sa voix particulière à l'accent pâteux, et la fille s'est tournée vers la piste de danse. Fátima l'a invitée de la main plusieurs fois, mais elle secouait la tête pour refuser. Moi, j'observais son profil noble et triste, et cela a fait naître un puissant intérêt en moi : j'avais envie de voir comment José lui avait appris à danser.

J'ai préparé un autre daiquiri. Pas pour la soûler et la faire danser après, non. D'ailleurs, qui se mettrait à danser tout à coup après un seul verre, le soir où il apprend la mort d'un vieil ami ? Elle regardait danser Fátima et le Portoricain. Peut-être que cela lui rappelait José, ou peut-être qu'elle essayait de l'oublier. Qu'est-ce que José avait bien pu lui apprendre comme danse ?

Elle était mystérieuse pour deux raisons. Elle était habillée d'une façon un peu canaille qui ne déparait pas dans un bar de voyous latinos, et pourtant elle donnait une impression de noblesse, avec son regard mystérieux et empreint de tristesse. Et elle était d'autant plus mystérieuse à mes yeux qu'elle représentait un aspect de la vie de José inconnu de moi. José, pour moi, c'était un gamin vulnérable et naïf, le fils aîné de ma sœur Alicia. Alicia s'était enfuie de Cuba avec sa famille six ans après la révolution, et moi quatre ans après eux j'avais à mon tour fait le voyage jusqu'à Miami sur un bateau de pêche. A mon arrivée à Miami, le seul endroit sur lequel je pouvais compter, c'était chez Alicia, et j'avais souvent joué avec José enfant. J'étais parti pour New York quelques années avant José. Pour économiser l'argent qui m'avait permis d'ouvrir ce bar, j'avais travaillé jusqu'à dix-sept heures par jour dans des kiosques à journaux, chez un fleuriste, puis dans un *Cuban sandwich bar*. Quand José, qui avait toujours aimé danser, m'avait écrit qu'une fois le lycée terminé, il avait l'intention de venir à New York, je m'y étais opposé. Je le trouvais trop délicat pour s'adapter ici. Il était naïf, c'est sûr, mais têtu aussi, pas du genre à écouter tous les conseils qu'on lui donnait. Pour obtenir les permis de séjour de toute sa famille il s'était engagé dans l'armée. Cette période lui avait, paraît-il, laissé des souvenirs atroces, et depuis qu'il en était sorti, je ne l'avais pas revu souvent.

A la réflexion, même dans une famille, entre amis intimes, entre amants ou dans un couple, on ne connaît jamais tous les partenaires de nos proches. Tout le monde possède des relations que l'autre ne peut pas connaître ni même apercevoir, pour cause d'horaires différents. Et lui dans ces moments-là, il devenait sûrement quelqu'un d'autre, pas le José que je connaissais. La Japonaise qui regardait Fátima danser avec un regard perdu était le symbole de ce José inconnu de moi.

— C'est pour vous, c'est moi qui invite. J'ai posé deux daiquiris devant Ralph et elle. Ralph m'a regardé d'un air méfiant sans toucher à son verre, comme s'il me soupçonnait d'avoir versé du poison dedans. Le daiquiri, c'est bon si on le boit bien frais, j'ai dit. Elle a tendu sa main vers son verre, et a dit merci de sa voix claire. Une voix de canari dans un sac de soie. Ralph faisait une de ces têtes ! Comme s'il voulait lui dire : hé, tu ne vas pas boire ça quand même, méfie-toi, mais elle a pris son verre, en a approché ses lèvres joliment dessinées. Je me suis dit, bon, ça va nous faire gagner quelques minutes. Ralph lui a proposé de s'en aller, en disant, bon, on n'a plus rien à faire ici, maintenant, elle a fait un plongeon de la tête pour dire oui, je n'avais plus aucun moyen de les retenir. Le daiquiri *straight* c'est assez fort comme boisson, je me disais ça va les retenir au moins quelques minutes, mais elle a vidé son verre d'un trait. Ça vous a plu ? j'ai demandé rapidement, elle a répondu : c'était très bon.

— Encore un verre ?

— Volontiers.

J'ai fait glisser vers elle le verre que Ralph n'avait pas touché. Visiblement, M. Ralph n'était pas content qu'on l'ignore comme ça, mais que m'importaient les états d'âme d'un Noir qui n'était même pas des Caraïbes. Au moment où je commençais à me sentir dans ces dispositions cruelles envers lui, une idée m'est venue, pour arriver à la faire danser. Ce n'était pas très avouable, comme idée, mais je l'ai mise à exécution aussitôt.

— Alors comme ça, José vous a appris à danser ? Elle a hoché la tête, elle avait déjà bu la moitié de son deuxième verre.

— Qu'est-ce qu'il vous a appris comme danse ? Ballet classique ?

Elle a secoué la tête et répondu :

— *No*, le cha-cha-cha, le mambo, la rumba colombienne. Rumba colombienne, ça collait bien avec mon idée. Tout en me disant que je préférais ne pas voir ma tête dans un miroir à ce moment-là, je me suis penché d'une trentaine de centimètres vers elle, et j'ai dit d'un ton aussi mauvais que possible :

— La rumba colombienne ? Vous essayez de me mener en bateau, hein ? La rumba colombienne, c'est une danse d'homme, José il était efféminé à faire pitié, un homme à décourager toutes les femmes, je ne peux pas croire ce que vous me racontez là, vous pouvez berner qui vous voulez avec ce boniment, mais pas moi.

Elle s'est mise en colère. Elle m'a regardé un instant avec haine, puis s'est détournée, a reculé de deux ou trois pas en se mordant les lèvres, et ignorant Fátima qui l'invitait par gestes à venir danser la salsa avec elle, elle a commencé à rouler lentement les épaules. C'était un mélange de mouvements d'échauffement et de roulements d'épaules typiques des danses afro-cubaines. J'ai augmenté lentement le volume du morceau de *latin jazz funk* qui passait à ce moment-là. Quand elle a eu fini de s'échauffer le haut du corps, elle a donné un coup de talon près du sol du pied droit en déjetant son corps d'un côté, puis en sens inverse comme pour absorber l'impact du coup de talon, et elle a commencé les mouvements de base de la rumba. La rumba, danse de salon, n'a rien à voir avec la véritable rumba cubaine. Les pas d'une danse populaire cubaine appelée *son* ont été américanisés et on leur a donné le nom à la consonance exotique de rumba, mais peu importe. La danse cubaine, c'est la fierté des Cubains, avec leur musique. Comment elle s'appelle cette fille ? j'ai demandé à Ralph.

— Kyoko, m'a-t-il répondu d'un ton peu affable. J'ai répété plusieurs fois ce nom à voix basse. Les mouvements de Kyoko augmentaient de vitesse. Elle faisait passer tour à tour son centre de gravité de la pointe du pied gauche à la pointe du pied droit, faisant des pas comme si elle flottait dans l'espace en apesanteur, et à chaque contretemps, elle avançait d'un demi-pas puis changeait de direction tous les quatre pas. Ce changement de rythme donnait l'impression de regarder la silhouette d'une poupée en train de tourner. L'axe de son corps ne déviait jamais. Al López a murmuré à l'oreille de son amie, une grande fille élancée : regarde comme elle bouge bien, c'est cool. Je n'ai jamais vu personne danser comme ça. Les deux pieds joints, Kyoko a plié les genoux, reculé par petits bonds, puis s'est arrêtée brusquement, a écarté les jambes de la largeur des épaules, et tout en ondulant le torse elle a levé le bras droit comme un chat sauvage prêt à bondir sur sa proie. Sa main droite levée dessinait des cercles autour du poignet. C'est un mouvement de main qu'on appelle le torero, parce qu'il ressemble au mouvement élégant que fait un matador avec sa cape pour esquiver les attaques du taureau. *Bonique*, a murmuré la prostituée colombienne à l'oreille de son client et il a hoché la tête. Après le torero, Kyoko a tourné lentement deux fois sur elle-même vers la droite, puis nous a fait une démonstration de la danse vaudou appelée *abakua*. Que ce soit le torero ou l'*abakua*, il n'y a pas un danseur dans tout New York qui soit capable de les reproduire après les avoir vus seulement une ou deux fois. Les percussionnistes cubains peuvent jouer des rythmes extrêmement complexes en frappant en même temps des deux mains et des deux pieds quatre sortes de rythmes différents. Les mouvements que Kyoko nous avait montrés en dansant l'*abakua*, c'était la même chose. La partie droite et la partie gauche de son corps semblaient à première vue faire des mouvements contradictoires, comme s'ils étaient séparés, mais l'axe qui traversait son corps restait stable, et en accord avec la polyphonie.

Intérieurement, j'ai crié plusieurs fois son nom, puis je me suis versé un verre de rhum blanc et l'ai bu d'un trait. Le rhum a glissé dans mon gosier puis est venu me chauffer l'estomac, mais alors, la merveilleuse danse de Kyoko m'est devenue une souffrance. Pas de doute, elle avait continué à s'entraîner après le départ de José, en répétant les pas qu'il lui avait appris. C'était incroyable qu'une Japonaise puisse éprouver de la joie à danser les danses cubaines. Un vieil ami très cher, avait dit Ralph pour traduire ce que représentait José pour elle. Et maintenant elle dansait pour restaurer l'honneur de José, parce que je l'avais insulté. Est-ce que je devais lui dire la vérité ?

De toute façon, la vérité ne rendrait pas heureuse cette fille venue exprès d'aussi loin que le Japon. De toute façon, rien de bon ne l'attendait ici. Après avoir donné de petits coups de talon à droite et à gauche, elle avançait en faisant des pas de flamenco, puis elle s'est mise à danser avec les mouvements les plus violents qui existent dans la danse afro-cubaine : la *conga*. Elle levait et abaissait bras droit et pied droit, bras gauche et pied gauche, tour à tour au même rythme. Attentive à ne pas dévier l'axe du corps, ni de haut en bas ni de droite à gauche. Seul son torse bougeait, d'un mouvement partant des épaules. Il ne faut jamais mettre de force dans les muscles des épaules. Il faut au contraire abandonner son corps aux mouvements de la partie inférieure, des hanches aux genoux, en relâchant complètement les épaules. Cette danse agressive, qui est à l'origine une danse de combat, est simple, mais on dit qu'elle impose un gros effort au cœur et aux poumons. C'est une danse de guerriers, une cérémonie féroce où flotte une odeur de sang, mais exécutée par Kyoko, elle donnait une impression complètement différente. Elle devenait élégante et sexy. La musique, c'était un solo de saxo alto où gémissaient des percussions électriques. Le saxophoniste était Rolando Pérez Pérez, un chef d'orchestre de génie originaire de Cárdenas, à Cuba, et derrière le solo, il conduisait un ensemble de cuivres enthousiaste et subtil comme une fin de symphonie. Kyoko ne transpirait presque pas mais sa peau sous les lumières bleues de la piste paraissait blême. Une fois, elle a jeté un regard plein de tristesse dans ma direction. J'ai retenu mon souffle, et senti ma gorge se dessécher, j'en oubliais de boire mon rhum. Aucun des clients ne pouvait détacher les yeux de Kyoko. Ralph avait la chair de poule, cela se voyait nettement sur sa peau noire. Elle avait l'intention de danser jusqu'à l'épuisement. Derrière le solo tempétueux du saxo alto, on entendait la respiration haletante de Kyoko. Ses soupirs réguliers et érotiques se faisaient lentement mais sûrement de plus en plus forts. Comme si sa poitrine allait exploser. J'ai murmuré, ça va Kyoko, j'ai compris. Chaque mouvement de ses beaux cheveux noirs dans l'espace semblait tracer un signe. Je n'étais pas le seul à comprendre ce que ces signes signifiaient, toute la salle comprenait. Ils s'étaient tous levés et regardaient Kyoko, gelés sur place. La danse que m'a apprise José, ce n'est pas juste un passe-temps, un petit divertissement de salon, voilà ce qu'elle nous disait, avec la ferveur de tout son corps.

Je me suis dit que je devais lui dire la vérité. J'avais honte de la lui avoir cachée, au nom d'un concept aussi nébuleux que le bonheur.

IV

RALPH BIGGS II

— C'était super, ta danse, Kyoko. C'est la première fois de ma vie que je vois quelqu'un danser comme ça

J'ai regardé Kyoko disparaître à l'intérieur du *Concorde Tower*, puis je suis rentré à l'agence, et après avoir écouté patiemment les reproches du manager pour avoir ramené la limousine avec un quart d'heure de retard, j'ai appelé les uns après les autres tous mes amis en possession d'une voiture. Et ceux-là, ils habitent Queens, le New Jersey ou Brooklyn. Ceux qui habitent Manhattan et ont une voiture sont soit des crétins fous de bagnoles soit des types pleins aux as. L'île de Manhattan, elle est si étroite qu'il n'y a pratiquement pas de parkings, et le prix des garages atteint des sommets, je ne vous dis que ça. Salut, je voudrais t'emprunter ta bagnole, je suis à l'agence en ce moment mais je peux passer la prendre tout de suite, j'en ai besoin d'urgence, j'ai répété ça à quelques-uns de mes potes, mais ils ont tous refusé. J'ai réfléchi : si j'allais dans le New Jersey en métro, le temps que j'arrive, Kyoko serait déjà partie de son hôtel pour aller je ne sais où. Et je n'avais pas envie de prendre un taxi. Selon l'endroit où on se rend, les prix des taxis peuvent varier du simple au double, et puis j'avais envie de conduire Kyoko personnellement.

Que je suis bête, j'ai fait en me tapant la tête, et j'ai filé sur Harlem. J'avais oublié Franco, qui tient une pizzeria en face de l'Apollo. Franco, de tous mes copains de l'orphelinat, c'est celui qui a le mieux réussi. Il a une Firebird modèle 1956 au moteur gonflé, *full tuned up*. Mais ce n'est pas sa Firebird que je voulais emprunter. Il ne la prête à personne, celle-là. C'est sa moto de livraison que je voulais. La *pepperoni pizza* de Franco est réputée être la meilleure de tout Harlem, et on avait même pu le voir dans des journaux comme le *New Yorker* avec sa moto de livraison style pop. Parce qu'il avait eu l'idée, Franco, de livrer ses pizzas dans un side-car Triumph. Et en plus il l'avait peint en rose. Même le casque était rose, ce qui me faisait un peu honte mais si ça se trouve, ça plairait à Kyoko. Le seul défaut, c'est qu'il y faisait froid, il faudrait fermer les yeux là-dessus.

Adossé à l'énorme mur de pierre du *Concorde Tower*, j'attendais Kyoko, et quand je l'ai vue sortir, je me suis approché, dans le bruit d'enfer du pot d'échappement de la Triumph. Je lui ai dit *good evening*, mais en japonais (j'avais demandé comment on disait à mon collègue qui a souvent des Japonais comme clients). C'était seulement pour dissimuler ma gêne, mais bon. J'étais tendu, je me demandais comment je ferais si mon apparition soudaine avait l'air de la déranger.

— Ah, Ralph ! Comment ça se fait ?

Heureusement, elle a eu l'air heureuse comme une gamine de me voir là. C'était une bonne idée, finalement, la moto de livraison rose. Euh, mademoiselle, New York c'est dangereux la nuit vous savez, vous ne voulez pas prendre un guide ? Dix dollars de l'heure. Cette moto, je l'ai empruntée à mon ami Franco, il fait la meilleure *pepperoni pizza uptown*, il les livre partout, moi aussi, je peux t'emmener partout où tu voudras, allez, monte ! Je lui ai dit tout ça pendant que le portier du *Concorde Tower* observait le side-car rose avec curiosité. J'étais sûrement le premier et le dernier à garer une moto de livraison de pizzas à côté de l'entrée principale du majestueux *Concorde Tower*.

— Monter ? *Hop in ?* Dis donc, je ne suis pas une pizza, a fait Kyoko, puis elle est montée en souriant dans le side-car.

Kyoko venait de voir Jorge Díaz, elle avait entendu parler de la *Cuban Society*, et maintenant elle était à la recherche de l'oncle de José. Cet oncle, Pablo Cortés, tenait un bar cubain.

Le quartier s'appelait *The Bowery*.

Tous les trente mètres, on croisait une *drag queen* au maquillage épais comme du plâtre qui essayait de racoler un client, mais à part ça la rue était pratiquement déserte, les interstices étroits entre les immeubles paraissaient propices à dissimuler des cadavres, et c'est dans une de ces ruelles que nous avons découvert une enseigne au néon annonçant *Sur Caribe*. La porte en fer rouillé donnait sur un escalier raide, on entendait l'écho d'une musique latine. C'était une ambiance à me donner la tremblote, moi à qui on avait répété depuis tout petit de ne jamais m'aventurer dans Spanish Harlem. Les escaliers grinçaient et, arrivés à l'étage, on est tombés sur des palmiers dorés et des bambous entourés de guirlandes électriques. J'avais à peine eu le temps d'entrevoir une *muchacha* aux jambes longues à vous donner le vertige, qu'un gangster debout juste derrière elle me jetait un long regard haineux. J'ai aussitôt détourné les yeux, évidemment.

Rassemblant tout mon courage, je suis entré dans le bar, et si j'avais été seul, ça aurait pu être vraiment dangereux. Parce que quand on voit arriver un intrus dont la tête ne vous revient pas, s'il est accompagné d'une femme, il paraît tout de suite moins probable qu'il soit venu faire du grabuge. Tout de même c'était une boîte bien plus agréable que je n'en avais eu le pressentiment. Des ouvriers encore en tenue de travail s'esclaffaient à grand bruit, dans un espagnol mélangé d'argot et de grossièretés en américain, ils avaient déjà vidé une trentaine de Corona, et il y avait aussi un vieil alcoolo à l'air tellement peu humain qu'il aurait pu être figurant dans la scène du bar mexicain de *La Guerre des étoiles*. Il y avait également une pute, dont la bouche paraissait prête à cracher le virus de l'herpès, telle Godzilla, si on la mettait en colère. Au moment où je suis arrivé au comptoir derrière lequel officiait un type vieillissant aux cheveux blancs, qui devait être le Pablo en question, j'avais la bouche si sèche que je croyais presque entendre siffler ma respiration. Pablo avait un regard plus honnête que les clients mais il n'avait pas l'air affable pour autant, si on avait mis un nœud papillon et une chemise au mot « têtu » on aurait probablement obtenu ce vieux-là. Une serveuse au visage et à la voix de sorcière dont la bouche n'était qu'une fente, digne d'apparaître dans vos pires cauchemars, m'a amené un ginger ale tiédasse, et j'ai demandé des nouvelles de José Fernando. Pablo a répliqué d'un ton cassant qui donnait envie de lui taper dessus que José était mort. Mort ? J'ai répété, interloqué, et alors sa voix a retenti dans tout le bar quand il m'a répondu avec une précision pleine de méchanceté : *D. E. A. D., dead*, il est mort. J'ai tout de suite regardé Kyoko. Elle était bouche bée. Elle n'avait toujours pas le sentiment de la réalité, sans doute. Dans la limousine, je lui avais dit : tu dois être drôlement déçue de ne pas avoir retrouvé cet ami si important pour lequel tu es venue de si loin, pourtant tu ne perds pas ton sourire, tu es costaud, hein. C'est juste après ça qu'elle m'avait dit : mais ça fait douze ans, et depuis on ne s'est jamais écrit, et c'est la première fois que je viens à New York, alors naturellement j'ai très envie de le voir mais si on me dit qu'il n'est pas là, ça me paraît presque normal, je me rappelle bien le José que j'ai connu petite, mais le José d'aujourd'hui, je ne sais rien de lui, je n'ai pas le sentiment de sa réalité.

Vraiment moche, cette histoire, non ? Et voilà qu'en plus, Pablo se tourne vers moi et me dit : vous êtes de la police ? Ça ne m'a pas mis en colère, ça m'a attristé. Kyoko, elle n'avait rien fait de mal. Elle était seulement venue retrouver quelqu'un qu'elle avait connu petite. Et pourtant, dans ce pays, il ne lui arrivait que des trucs affreux. Et pour terminer, en plus d'être malmenée comme ça par les événements, voilà qu'on lui annonçait : il est mort. Non, moi je trouvais que c'était vraiment trop, et c'est mû par ce sentiment que j'ai entrepris d'expliquer à Pablo que, non, on n'était pas de la police, et pourquoi Kyoko tenait tant à retrouver José.

Comme elle était forte, elle ne s'est pas mise à pleurer, elle ne s'est pas effondrée sur une chaise, ses épaules se sont un peu affaissées et elle s'est mordu les lèvres, mais moi, je ne pouvais pas la regarder. Il me semblait qu'il aurait suffi de lui effleurer le dos pour qu'elle s'écroule. Comme un pare-brise de voiture tout craquelé. A première vue, il a l'air encore entier, mais il suffit qu'on le touche pour qu'il tombe en miettes.

Quand ?

C'était un accident ?

Voilà les deux questions qu'elle a posées à Pablo. Il lui a répondu que c'était il y a trois ans, d'une crise cardiaque, et elle n'a plus rien demandé. Je ne sais pas ce qu'il avait derrière la tête, le Pablo, mais il nous a préparé des cocktails en insistant qu'il valait mieux les boire bien frais, Kyoko a bu le sien d'un trait, et franchement elle n'aurait pas dû. Je m'attendais à la voir dans un état terrible après ça, mais Pablo a dit que c'était lui qui régalait et elle a seulement dit merci. Elle était comme ça, Kyoko, ça m'a rappelé le moment où elle avait offert un bonbon pour la toux à David. Et puis pendant que je me posais plein de questions – je me demandais si c'était la danse de

José qui l'avait rendue aussi gentille, ou si José lui avait appris la danse parce qu'elle était gentille comme ça, ou si tous les Japonais avaient cette même gentillesse –, Pablo a commencé à parler de mambo et de cha-cha-cha, et Kyoko a eu l'air soudain toute tendue. Pablo venait d'insulter José. Au moment où j'allais péter les plombs et attraper le Pablo par le col de sa chemise, j'ai vu Kyoko s'éloigner du comptoir. J'ai cru qu'elle allait aux toilettes. Mais ce n'était pas ça. Pablo m'a fait signe du menton de regarder, et juste à ce moment-là Kyoko s'est mise à danser au son d'une drôle de musique, un mélange de Lee Connitz et de percussions afro.

D'abord, ça ne ressemblait pas à de la danse. Je serais embêté si on me demandait d'expliquer à quoi ça ressemblait plutôt qu'à de la danse, mais moi, les danses que je connais c'est du style *soul train* ou *break dance*, ou Alvin Ailey, et ça ne ressemblait à rien de tout ça. Comme je n'avais jamais vu personne danser comme ça, je ne pourrais pas expliquer en quoi c'était différent des danses normales. La musique ressemblait à du jazz mais ce n'était pas à quatre temps et dans les percussions il y avait des *drums* que je n'avais jamais entendus. Au bout d'un moment passé à la regarder je me suis rendu compte que les mesures du rythme changeaient sans arrêt. Par exemple, même un gamin qui joue au cerceau donne l'impression de suivre un rythme, mais pas la danse de Kyoko. Ses pas semblaient suivre une mesure fantôme qui se trouvait juste après le gros « boum » de la basse. Et aussi, elle semblait molle comme du caoutchouc, surtout au niveau des épaules, elle levait ou agitait bras et jambes sans y mettre aucune force. Pour dire ça en restant dans le champ étroit de mes connaissances, elle donnait l'impression, plutôt que de danser, d'être un animal sauvage, un félin qui s'approche furtivement de sa proie. Le saxo alto avait abandonné le style de Lee Konitz pour se mettre à souffler de toutes ses forces des phrases musicales pleines de mélancolie, complètement différentes de ce que font les jazzmen de ce pays. Un riff avec une section cuivres originale, différent de Duke Ellington, de Count Basie ou de Stan Kenton se répétait en arrière-plan, à un volume de plus en plus fort chaque fois et Kyoko s'est mise alors à reculer avec des mouvements étranges, levant brusquement les bras et les laissant pendre mollement tour à tour. Ensuite, devant la table de billard située dans un coin de la salle, elle s'est mise à répéter une série de mouvements étranges et violents qui faisaient tressauter tout son corps, mais sans que la position de sa tête bouge. J'étais en train de me dire que ça devait être de la danse africaine quand j'ai ressenti un frisson de chair de poule sur mes deux bras. Cette danse donnait à la fois une sensation de libération, comme si elle allait s'envoler jusqu'au ciel, et de pression comme si elle allait finir écrasée. Une tension extraordinaire régnait sur la salle. Le gangster, le vieil alcoolo, les prostituées, tout le monde retenait son souffle et gardait les yeux fixés sur Kyoko. Je flottais dans un sentiment d'irréalité comme si j'avais fumé du hasch, comme si quelque chose d'inconnu m'enveloppait et allait m'emporter je ne sais où. Kyoko a continué à danser jusqu'à ce que la musique s'arrête. Je me suis aperçu tout à coup que Pablo était devenu blême.

— Je n'ai pas menti par mauvaise intention, nous a sorti ce comique une demi-heure plus tard. Une fois sa danse finie, Kyoko a eu droit aux applaudissements de toute la salle, mais elle avait l'air légèrement anémiée, et Pablo lui a offert un verre de liqueur sucrée et forte de Saint-Domingue, et après l'avoir bu, elle est restée un moment silencieuse, l'air absent. Ensuite Pablo nous a fait venir tous les deux dans un coin du bar, et c'est là qu'il a commencé à tout nous avouer. C'était bien d'apprendre la vérité, mais je ne sais pas si je dois m'en réjouir ou pas, parce que sa confession n'était pas bien gaie.

— Je ne voulais pas que vous voyiez José, il est vivant, mais c'est comme s'il était mort, il a le sida, il est même en phase terminale, il se trouve dans un hospice tenu par une association de bénévoles, à Queens.

Kyoko regardait par terre, elle n'a rien dit pendant un moment. A mon avis, elle devait repenser à ce peintre, David, et elle essayait de s'imaginer José en phase terminale de sida, en comparant avec David. Cela faisait à peine une demi-journée que je la connaissais mais j'avais compris : elle serait allée le retrouver, même s'il était devenu complètement impotent. Pas par inconscience ou par entêtement à réaliser à tout prix son projet, mais simplement parce qu'elle devait se dire : il a le sida ? et alors, ça ne m'empêchera pas d'aller lui dire merci. Elle n'avait pas peur de regarder le malheur en face, Kyoko. Je connais des types qui ont été élevés dans des conditions affreuses, qui sont complètement empêtrés dans le malheur, mais qui ont peur de regarder son visage, enfin, à mon avis, personne n'a le droit de leur jeter la pierre pour ça, ni de les obliger à regarder ce qu'ils n'ont pas envie de voir. Kyoko, elle, elle n'avait pas peur de regarder le visage du malheur parce qu'elle savait ce qui était le plus important pour elle. Moi malheureusement je ne suis pas comme elle. Si c'était moi, j'aurais plutôt essayé d'oublier José. D'ailleurs, si c'était moi, je ne l'aurais peut-être jamais rencontré. Parce qu'il n'y a que ceux qui continuent à chercher qui ont une chance de rencontrer quelque chose. C'était la première fois que je ressentais du respect pour une fille plus jeune que moi.

— Ralph, tu ne veux pas m'accompagner à Queens demain ? m'a demandé Kyoko en se dirigeant vers le side-car, marchant au passage sur l'ombre d'une *drag queen*.

— Demain matin, dix heures, ça te va ? Je t'y emmène en limousine. Quand je lui ai dit ça, elle a eu l'air soulagé. Je te paierai, hein, ne t'inquiète pas. Je devais être la seule personne quelle connaissait dans cette ville. Je m'en voulais de lui avoir menti sur le prix de la course, mais le moment était mal choisi pour rétablir la vérité. Je cherchais plutôt quelque chose à dire pour lui remonter un peu le moral.

— C'était super ta danse, Kyoko, c'est la première fois de ma vie que je vois quelqu'un danser comme ça. Finalement, voilà ce que je lui ai dit en montant sur la moto, et elle m'a fait un petit sourire.

INTERMÈDE : KYOKO

Dans le pays où je suis né, tout le monde est danseur, les maigres, les gros, les riches, les pauvres, les enfants, les vieillards, les Noirs, les Blancs, tout le monde, c'est pour ça que les jours de fête tout le monde danse joyeusement y compris les morts, les fantômes et les esprits, il me semble que José m'avait raconté quelque chose comme ça mais je doute qu'à huit ans j'aie pu comprendre autant de choses en anglais, et ça reste un souvenir imprécis.

Le premier jour à New York, je suis rentrée épuisée à l'hôtel mais je me suis réveillée avant l'aube, j'ai rêvé de trois hommes habillés de blanc, qui dansaient dans un paysage inconnu.

C'est un type bien, Ralph.

Je n'aurais pas eu le courage d'aller voir José toute seule.

Tout de même je ne savais pas que c'était si fatigant de soutenir une conversation en anglais.

Ça peut paraître évident mais pour comprendre ce que dit l'interlocuteur, il faut sans arrêt tendre l'oreille, et quand on est fatigué on n'y arrive plus.

Je me suis dit plusieurs fois, si seulement je parlais mieux l'anglais, je pourrais parler de plein de choses avec Ralph. Ralph, il écoute tout ce que je lui dis avec attention.

Evidemment de temps en temps je m'impatiente, et alors ça me fait penser à des barbelés. C'est comme quand je marchais le long de ces grillages de barbelés.

L'impression d'être maintenue à distance de quelque chose d'important.

Je me suis réveillée tôt et je n'ai pas pu me rendormir, j'ai passé un long moment à regarder les chaussons de danse que José m'avait donnés.

Kyoko.

Ces petits chaussons d'enfant que je ne peux plus enfiler depuis longtemps, si usés que les lettres de mon nom ont commencé à s'effacer.

Un grillage de barbelés et ces chaussons de danse : symboles de toute mon existence.

V

SERGIO BUSTAMANTE

— C'est curieux, il se rappelle très bien son enfance à Miami, sa famille, sa mère surtout, il en parle souvent. Il n'a plus très longtemps à vivre, il voudrait la revoir, j'imagine.

Le jour où j'ai rencontré cette Japonaise, j'avais emmené José faire une promenade dehors. Normalement il est interdit d'emmener un patient en phase terminale en promenade à l'extérieur.

Mais moi j'ai une idée plus souple de l'attitude à avoir envers un malade du sida. C'est certain qu'aller se promener dans les rues de Queens par un début de printemps encore frais expose le patient à un risque accru de rencontrer un virus fatal. Mais les chambres de l'hospice non plus ne sont pas à l'abri du cytomégalovirus et ce dont les sidéens ont besoin avant tout c'est d'espoir. Si c'est le patient qui le demande, j'ai pour habitude de l'emmener en promenade. Et est-ce qu'en tant que bénévole, je me sentirais responsable si une petite promenade si courte soit-elle hâte sa mort ? C'est sûr, il doit se trouver des moralistes snobs pour poser ce genre de questions.

Non, moi je ne peux accepter aucune responsabilité là-dedans. Je ne prends pas cette position par rapport à une approche théologique, non, c'est une opinion basée sur une expérience concrète : j'ai déjà été le témoin de la mort d'une bonne dizaine de personnes. José Fernando Cortés est le vingt-deuxième patient à m'être confié depuis que je suis entré – il y a sept ans de ça – dans cette association de bénévoles d'origine latino-américaine, qui venait d'être créée à l'époque. L'association ouvre ses portes à tous les sidéens d'origine hispanique, l'admission à l'hospice est réservée aux malades ayant dépassé les premiers stades d'évolution de la maladie, mais naturellement tous les séropositifs peuvent trouver ici aide et conseils.

José est venu nous voir il y a deux ans. Il habitait dans un immeuble de Brooklyn sur le point d'être démoli et souffrait du rejet des autres habitants depuis que sa maladie s'était déclarée. Ses principaux symptômes étaient le sarcome de Kaposi ainsi que de violentes démangeaisons dans le dos, compliquées par l'ADC, autrement dit le syndrome de démence du sida. On dit que l'ADC se déclare quand le virus VIH commence à attaquer le système nerveux cérébral, et les malades sont en proie à de violentes angoisses, des terreurs. Chez certains patients la peur de devenir fou est plus forte encore que la peur de mourir.

L'association dont je fais partie divise l'ADC en phases d'évolution, numérotées de 0 à 5, et José était au stade 1 au moment de son admission à l'hospice. Actuellement les symptômes ont progressé et il se situe entre les phases 2 et 3. Ça se caractérise par une énorme baisse de concentration et de mémoire, une forte tendance paranoïaque à croire que son entourage cherche à l'enfermer dans un asile psychiatrique (à vrai dire, quand il était à Brooklyn, ce n'était pas loin d'être la vérité). Il faut l'aider pour tous les gestes de soins quotidiens. Il est encore capable de faire ses besoins tout seul mais il faut quelqu'un pour l'accompagner jusqu'aux toilettes.

La promenade de ce jour-là consistait simplement à faire le tour du bâtiment en face de l'hospice. José voulait marcher davantage mais comme il faisait un petit vent froid, j'avais décidé de m'arrêter là. Comme d'habitude, pendant la promenade, José m'a parlé de son enfance à Miami, de ses parents, de sa mère, de ses amis d'enfance. Ça fait six mois qu'il ne parle pratiquement plus que de ça. Sa famille, à Miami, ne sait pas qu'il a le sida. C'est José lui-même qui souhaite les laisser dans l'ignorance, et nous, à l'association, on privilégie toujours le désir du patient. Si elle perd la confiance de ses patients, une association de bénévoles ne peut plus fonctionner.

Quand il marche, José se sert d'une canne à la forme bizarre. C'est une canne avec une poignée rectangulaire enveloppée de caoutchouc à chaque extrémité, très pratique s'il tombe ou pour se relever après s'être accroupi. C'est moi qui la lui ai offerte quand je suis devenu son aide-soignant. J'en ai acheté vingt, des cannes comme ça, je les ai trouvées en vente à bord d'un avion de l'US Air. Quatorze ont déjà servi et sont aujourd'hui dans un cercueil avec le cadavre de leur utilisateur.

Les alentours de l'hospice de Queens, on ne peut pas dire que ce soit un paysage incitant à la promenade. Il n'y a pas un brin de verdure et par conséquent pas non plus de gazouillis d'oiseaux. Seulement des enfants noirs qui jouent au ballon sur le trottoir de béton fendillé en se prenant pour John Stark ou Patrick Ewing. Quand l'hospice a été créé par des Latino-Américains bénévoles dans ce quartier peu réputé pour sa sécurité, il paraît qu'il y a eu des discussions répétées avec les gens du voisinage. Les pourparlers ont été poursuivis patiemment, et maintenant les jeunes qui jouent au *street-basket* font des passes aux patients qui se promènent, ou parfois viennent leur serrer la main. Un préjugé social ne disparaît pas naturellement. La patience et la discussion sont deux éléments indispensables pour y parvenir.

Ma Jaguar XJ modèle 90 est garée juste devant la porte de l'hospice. Cette voiture de sport gris métallisé ne va pas très bien avec ce vieil immeuble discret mais pour moi personnellement ça fait un tableau symbolique. C'est pendant l'hiver d'il y a quatre ans, autrement dit au moment où j'ai découvert que j'étais séropositif, que j'ai acheté cette bagnole aérodynamique. Je l'ai achetée sur un coup de tête alors que je n'avais même pas le permis. Depuis que je suis arrivé à New York à l'âge de dix-sept ans, venant de mon Buenos Aires natal, j'ai passé mon temps à travailler comme un dingue, j'ai tout sacrifié à ma réussite, et finalement je suis arrivé à devenir gérant de onze magasins de fleurs et de deux restaurants de *churrasco*. Mon seul plaisir, c'était d'aller voir, environ une fois par mois, les comédies musicales qui sortaient et les nouveaux spectacles de danse. J'avais même quelques amis parmi les jeunes danseurs. Mes relations avec l'un d'entre eux, un jeune Péruvien à la peau bronzée et aux cheveux noirs, ont changé ma vie. Il est mort deux mois à peine après que sa maladie se soit déclarée. Je connaissais le résultat d'avance mais je suis allé me faire faire le test VIH, et j'ai vidé toutes mes économies pour m'acheter cette Jaguar. Cette Jaguar, elle a longtemps dormi sur le parking du restaurant. Poussé par un ami, je suis allé voir cette association de bénévoles. Je n'aime pas les endroits où se regroupent les Argentins, et le bénévolat c'était une notion qui ne me disait rien non plus, à vrai dire, je n'attendais absolument rien des conseils qu'on pourrait me donner dans ce genre d'endroit. L'espoir c'est quelque chose d'important pour l'être humain en général, pas seulement pour les séropositifs et les sidéens. Mais c'est difficile de garder espoir et étrangement, les gens qui ne savent pas espérer sont tellement accablés qu'ils ne cherchent même plus à s'en sortir, voilà ce que m'a dit le conseiller. Comment faire alors ? je lui ai demandé. D'après mon expérience personnelle, m'a répondu le conseiller sur un ton très administratif, l'espoir se trouve généralement dans la relation avec autrui. J'ai confié mes magasins de fleurs et mes restaurants à un employé, j'ai passé mon permis, et je me suis mis à rendre visite de plus en plus souvent à l'association de volontaires, dans ma Jaguar. Je ne sais plus quand ni comment j'ai commencé à m'occuper d'un patient, Guillermo, un

Vénézuélien au caractère difficile, qui ne disait jamais un mot. Je m'occupais de ses soins quotidiens, deux mois plus tard, il est mort d'une pneumocystis carinii. Juste avant de mourir, il m'a dit d'une voix bien claire « Merci Sergio ». En proie à un chagrin et à un sentiment d'impuissance terrible, je me suis précipité dehors pour respirer l'air frais. Guillermo était mort et il m'avait dit merci, et moi, à qui il avait dit merci, j'étais encore vivant et j'étais là à respirer l'air du dehors, et l'ensemble de ces constatations toutes simples faisait que je ne pouvais plus m'arrêter de pleurer.

L'espoir, en espagnol ça se dit *esperanza*, et c'est aussi le titre d'une des chansons préférées de José, qui est d'origine cubaine. Qu'il se sente bien ou mal, José Fernando Cortés est toujours en train de fredonner *Esperanza* ou d'écouter la cassette. Il paraît qu'autrefois quand il était à Cuba, il dansait tout le temps le cha-cha-cha sur cet air.

Le jour où il a revu cette fille japonaise, il avait fredonné *Esperanza* tout le long du chemin de retour de la promenade. Mais il ne peut plus danser comme autrefois maintenant, c'est fini.

Il y avait une limousine *super stretch* garée devant l'entrée de l'hospice à côté de ma Jaguar, et une jeune fille aux cheveux noirs et un Black, le chauffeur apparemment, debout devant la porte en train de chercher la sonnette. Ils n'ont pas fait attention à José et à moi. Parce qu'on arrivait derrière eux, en fait.

Je leur ai dit : vous désirez ? Quand la fille aux cheveux noirs s'est retournée, j'ai vu que c'était une

Asiatique. A l'instant où elle a aperçu José, son expression s'est figée, et elle a crié José ! Ça n'a duré qu'une seconde mais son expression reste gravée dans ma mémoire. Une douloureuse expression de surprise, une force mêlée de douceur, et surtout, une grande beauté.

Mais José, ça lui a fait peur, que cette fille l'appelle par son nom aussi fort. Il a tout le temps peur que les gens du bureau d'aide sociale de New York viennent le chercher pour l'enfermer dans un asile. Je me suis interposé pour le protéger et je leur ai demandé :

— Vous connaissez José ?

La fille continuait à fixer José d'un air tendu, le regard perçant.

— Moi je m'appelle Ralph, je suis chauffeur et guide, hier nous avons vu l'oncle de José, c'est lui qui nous a donné l'adresse d'ici.

Ce Ralph avait un accent noir américain à vous faire mal aux oreilles. Moi je respecte un type comme Spike Lee, parce que c'est un créateur, et qu'il soutient les minorités, mais je ne vais pas voir ses films. Pablo, hein ? j'ai demandé. C'est ça, a répondu Ralph. Pablo est un vieil entêté comme il y en a souvent chez les immigrés pauvres, mais c'est un type bien, il vient voir José ici de temps en temps. Je me suis dit : si Pablo leur a donné l'adresse d'ici, ces deux-là ne doivent pas être bien dangereux.

— José, tu les connais ?

Quand je lui ai posé cette question, José s'est mis à secouer la tête violemment, se raidissant comme s'il voulait s'éloigner le plus possible des deux visiteurs, et m'agrippant par le bras. A ce moment, la fille a dit d'une voix aiguë :

— José, c'est moi, Kyoko.

Elle avait l'air sur le point de fondre en larmes. Elle avait ce genre de voix, comme si elle allait se mettre à pleurer. Mais elle n'a pas pleuré. Kyoko ne savait pas que José avait perdu la mémoire. Plus l'ADC progressait, plus José s'éloignait de ses propres souvenirs.

Ralph regardait Kyoko d'un air inquiet, elle, elle restait figée sur place dans l'air froid du début de printemps. J'ai dit :

— Entrons, je crois qu'on a des choses à se dire tous les trois.

Dans le hall d'entrée, il y avait le vieux Cy Young en train de regarder un dessin animé mexicain à la télé. Ce vieux, qui avait le même nom que le gigantesque lanceur de base-ball de la *big league*, avait le sida depuis quatre ans et était toujours en vie. La vue de Cy Young qui n'avait plus que la peau et les os – des os aussi maigres que les tubes de fer de la chaise bon marché sur laquelle il était assis –, a suffi à contrarier Ralph. Kyoko, elle, ne voyait rien de ce qui l'entourait. Elle n'avait d'yeux que pour José.

— Sergio, qui sont ces gens ? m'a demandé José en espagnol.

— Ils disent qu'ils te connaissent.

— Mais non, je ne les ai jamais vus. Ils ne seraient pas du bureau d'aide sociale ?

— Non, je t'assure, José, je te l'ai déjà dit plein de fois, tu n'iras pas à l'hôpital psychiatrique, tu peux rester ici tant que tu veux.

— Qui sont-ils alors ?

— Si ça t'inquiète à ce point, tu n'as qu'à le leur demander.

— Ah, je sais, a fait José et son visage s'est éclairé brusquement. Ce sont peut-être des fans, hein, Sergio, tu ne crois pas ?

José a perdu le souvenir de sa vie réelle, il vit dans l'illusion et se croit une star de la danse. On ne peut pas lui en vouloir d'avoir fait d'une illusion son espoir, il y a l'ADC qui l'y aide, et aussi le fait de vivre dans une souffrance physique et morale difficile à imaginer.

— Dites, vous faites partie de mes fans, c'est ça ?

José leur a d'abord posé cette question en espagnol. Ralph a détourné la tête d'un air écœuré, mais étonnamment, l'expression douloureuse de Kyoko s'est légèrement atténuée, simplement du fait que José lui adresse la parole pour la première fois.

— Vous faites partie de mes fans ?

Il leur a posé la question à nouveau, en anglais cette fois. A mon grand étonnement, Kyoko a hoché la tête pour répondre oui, après une seconde d'hésitation.

— Je m'appelle Kyoko, tu ne te rappelles pas de moi ?

Dans la chambre affreusement étroite de José, où au moindre changement de position, on touche les coudes de ses voisins, dans l'odeur confinée de sérum, de médicament, de désinfectant et de cette sueur particulière des mal portants, Kyoko a dit dans son anglais hésitant :

— Tu m'as appris la danse, au Japon, quand j'étais enfant.

Je l'ai regardée, j'en avais mal dans la poitrine, et le souffle coupé. Cette fille toute jeune, elle avait vingt ans tout au plus, était venue jusqu'à New York pour cette seule et unique raison, parce que José lui avait appris la danse quand elle était petite. Son regard grave me plongeait dans un abîme de pensées, ravivait le souvenir du jour de mon départ de Buenos Aires. En regardant en bas du hublot du petit avion, on ne voyait que la pampa à perte de vue. Les plaines d'Argentine sont aussi vastes qu'un océan herbeux, c'est ce qu'on m'avait appris à l'école mais c'était la première fois que je les voyais comme ça du haut du ciel. Mais à peine le temps de faire un somme, et l'océan d'herbes était survolé. Au lieu du vert tendre de la pampa, le paysage que j'apercevais maintenant entre les nuages était fait de montagnes de pierres ocre. C'était la première fois que je prenais l'avion et j'ai ressenti une angoisse soudaine à l'idée de ce que symbolisait ce changement de décor. Cela ne signifiait-il pas que toutes les espérances que j'avais mises en New York allaient elles aussi disparaître une fois confrontées à la réalité ? Cette angoisse avait une intensité presque tranchante, et douce en même temps. Seuls les gens qui se trouvent en plein milieu d'un voyage important peuvent ressentir ce genre d'angoisse. La gravité du regard de Kyoko m'avait ramené trente ans en arrière. Jamais je n'ai rencontré de femme aussi étrange, me suis-je dit alors. Il suffisait de changer légèrement son angle de vision, et elle devenait une sainte Marie omnisciente ou un ange d'innocence.

— Au Japon ? a fait José.

— Oui, quand tu étais G. I...

En entendant prononcer le mot G. I., José a changé d'expression. Il déteste l'armée, José. Ce qu'elle disait était vrai, il s'est engagé dans l'armée à un moment de sa vie. Son oncle Pablo me l'a raconté. C'était pour obtenir la citoyenneté américaine, je crois. Et je peux imaginer ce qu'il a dû penser de l'armée, lui, un gay introverti et de surcroît immigré de Cuba. Il ne parle jamais de cette période. Ou plutôt, il a écarté de sa mémoire tous les souvenirs malheureux de sa vie. Ses souvenirs malheureux, autant dire, la quasi-totalité de sa vie.

— Attendez un peu, là !

José avait coupé la parole à Kyoko.

— Vous ne me confondez pas avec quelqu'un d'autre, par hasard ? Moi, G. I. ? Arrêtez votre cirque ! D'accord, maintenant j'ai cessé toute activité, je suis tellement affaibli, mais j'ai toujours été danseur classique.

Tout en parlant, José montrait du doigt les photos et articles découpés dans des journaux qui tapissaient le mur à côté de son lit. C'était un montage grotesque révélateur de l'esprit troublé de José, digne d'être convoité par un psychiatre, en tant que cas clinique facile à étudier. Il avait découpé des exemplaires de sa propre image, en différents formats, dans de nombreuses photos personnelles, puis les avait soigneusement collés sur des pages découpées dans des magazines de danse. Comme technique de collage c'était extrêmement primitif, et s'il n'y avait eu qu'une ou deux pages de ce style sur le mur cela aurait pu faire rire comme une bonne plaisanterie. Mais il y avait sans doute plus d'une centaine de ces petites photos de lui-même découpées selon les contours de son corps et de son visage. Et elles étaient collées simplement en superposition, sans aucun souci de perspective, sur des pages de magazines représentant Jorge Donn, Barychnikov, Prisetskaïa. Cet univers miniature me faisait toujours penser aux tableaux de l'enfer de Jérôme Bosch ou à des tapisseries religieuses orientales.

— Evidemment j'ai joué aussi dans des *musicals* à Broadway, mais je n'ai jamais été G. I. Je déteste l'armée.

Il avait presque hurlé cette dernière phrase. Ralph secouait la tête avec ce geste typique des Noirs américains, signifiant : il est timbré, ce type. Rien à en tirer, il est complètement timbré.

Encore maintenant, il m'arrive de repenser à ces moments. C'est sûr, Kyoko n'aurait jamais dû évoquer son passé de G. I. Parce que, au mot G. I., José s'est enfermé complètement dans sa coquille, comme une huître. Peut-être y aurait-il eu un moyen de délier un peu ses souvenirs, par exemple en commençant par lui parler de la danse cubaine. Mais Kyoko n'avait pas eu le loisir de réfléchir à ça. Elle ne savait pas que José n'avait que des souvenirs désagréables de l'armée. José ne le lui avait sans doute jamais dit, et elle, c'était une fillette de huit ans, il lui apprenait la danse et cela lui suffisait, elle n'en demandait pas davantage.

— Je déteste l'armée !

Même en l'entendant marteler cette phrase, Kyoko ne l'avait pas quitté des yeux. C'est alors que j'ai compris. J'ai compris pour la première fois à quel point ça avait été important pour elle, que José lui apprenne à danser. Même le type le plus insensible du monde aurait compris ça. Il suffisait de voir ses yeux, l'intensité de son regard.

— Euh, tu es danseuse ? a demandé José à Kyoko en baissant la voix d'un ton. Kyoko a hoché la tête et il a renchéri : danse classique ?

— Oui, j'ai fait du classique et après…

José lui a coupé la parole pour dire d'un air entendu : C'était en 84.

— En 84, Le *Royal Ballet* anglais est venu à New York.

Encore les mêmes salades, je me suis dit. Je l'avais déjà entendu raconter cette histoire à Pablo et à d'autres.

— Noureev et Fonteyn devaient jouer *Giselle*, mais Noureev a glissé sur une savonnette dans sa baignoire du *Plaza Hotel*, il est tombé et s'est fait mal à la cheville…

Comme il avait déjà raconté cette histoire des dizaines de fois devant témoins, et à lui-même des centaines ou des milliers de fois, elle était parfaitement au point. Tel Laurence Olivier jouant Othello,

José n'avait pas le moindre complexe. Il n'avait pas le moins du monde conscience de raconter un mensonge, une pure invention.

— Moi, par chance, le chorégraphe, Frederick Ashton, m'avait donné un petit rôle, vraiment tout petit, le rôle d'un des suivants du duc de Courlande, j'avais un solo très court, et en une nuit je suis devenu une star, voilà comment se sont passés mes débuts, c'est là que j'ai enfin percé, tenez regardez, me voilà avec Rudolf Noureev et Margot Fonteyn.

Il désignait une photo de Noureev et Fonteyn au milieu de son montage grotesque. C'était eux, à n'en pas douter : une page déchirée dans un magazine. Mais José ne se trouvait nulle part sur la photo. Je ne sais pas s'il se sentait heureux ou malheureux en puisant dans ce tissu de mensonges et d'illusions l'espoir qui lui permettait de survivre, et j'aurais été bien incapable de dire s'il allait se retrouver en enfer après sa mort ou si Dieu lui pardonnerait, vu ses antécédents particuliers. Moi, en tout cas, le voir montrer comme ça d'un air joyeux la photo de Noureev, ça me rendait terriblement triste.

— Et toi ? Tu as déjà eu du succès dans le monde de la danse ? Tu as déjà fait tes débuts, bien sûr ?

Kyoko secoua la tête.

— Il ne faut jamais renoncer, tu sais. Moi, je ne savais pas que ça allait m'arriver, personne ne sait, mais la chance c'est ça, un jour quelqu'un glisse dans sa baignoire, et ça y est.

Soudain, une grimace a déformé son visage. C'était la douleur. Elle attaquait José comme une bête sauvage endormie qui se réveille brusquement en montrant les crocs. José disait avoir l'impression qu'on lui enfonçait dans le dos un tuyau en plomb affûté qui le transperçait jusqu'à la poitrine, mais la cause de cette douleur restait inconnue. Parmi les patients dont je m'étais occupé jusque-là, peu s'étaient plaints de douleurs aussi violentes. Le sarcome de Kaposi est très douloureux, mais là c'était une douleur aiguë sans comparaison. Quand elle était brève, cela durait à peine trente secondes, mais parfois c'était plusieurs minutes. Comme on n'en connaissait pas la cause, il n'y avait pas de remède possible. Au début on lui avait injecté des analgésiques puissants mais ça n'était pas tellement efficace et comme les effets secondaires étaient trop forts, on avait arrêté rapidement. La seule chose un peu efficace pour le soulager consistait à lui frotter doucement le dos. Il était impensable que lui caresser le dos avec la main puisse suffire à faire disparaître la douleur, mais pour l'instant on ne connaissait pas d'autre moyen.

— Sergio, Sergio, Sergio, mets de la musique !

José s'est effondré sur le lit en gémissant de douleur, le visage grimaçant. Tout en lui frottant doucement le dos, j'ai dit en me tournant vers Kyoko, effarée, et Ralph, qui faisait une mine dégoûtée :

— Vous voulez bien attendre dans le hall ? Je vous y rejoins dès que sa douleur se sera calmée.

— Qu'est-ce qui lui est arrivé ? m'a demandé Ralph dans le hall d'entrée où je les avais rejoints. Cy Young était toujours là, à regarder ses dessins animés mexicains d'un air inexpressif. José avait souffert pendant à peu près deux minutes, j'avais mis une cassette de musique cubaine et avais quitté la chambre en lui disant que j'allais revenir tout de suite. Je lui avais mis dans les mains la sonnette d'urgence et le commutateur électrique. S'il lui arrivait quoi que ce soit, le numéro de sa chambre se mettrait aussitôt à clignoter sur les tableaux de l'entrée et du bureau, et la sonnette retentirait.

— ADC, *Aids Dementia Complex*, c'est un des symptômes du sida qui se développe quand le virus commence à attaquer le cerveau.

Kyoko était assise devant moi, Ralph debout à côté de la table. Visiblement, Ralph n'avait pas envie de s'asseoir sur une des chaises de ce repaire de sidéens.

Kyoko me regardait attentivement, ne perdant pas une miette de mes paroles.

— Seulement, dans le cas de José, ce n'est pas tout. Il embellit son passé, il a effacé tous ses mauvais souvenirs, et maintenant il est persuadé d'être une star de la danse, il ne vit que dans ses souvenirs de gloire factice. Vous savez, il a émigré de Cuba avec sa famille à l'âge de cinq ans, moi je suis un réfugié argentin, la vie n'est pas tendre avec les exilés et les réfugiés, en tout cas, ça reste entre nous mais il n'en a plus pour très longtemps à vivre. Dieu lui pardonnera sûrement d'avoir menti pour embellir son passé.

Je choisissais exprès des expressions faciles à comprendre, et je parlais lentement, pour être sûr de bien me faire entendre de Kyoko, elle m'écoutait en hochant la tête de temps à autre. Elle paraissait très soucieuse de l'état de José. Elle a baissé un peu les yeux quand j'ai dit que José n'en avait plus pour longtemps.

Ça m'a bizarrement soulagé quand elle a baissé le regard. A me sentir fixé comme ça, malgré mon âge, ça me faisait battre le cœur plus vite. Et aussi, j'avais envie qu'elle laisse tomber rapidement. D'après ses brèves explications, José lui avait appris la danse pendant six mois, quand elle avait huit ans, sans plus. Mais le fait qu'elle soit venue de si loin pour le voir, et son expression quand elle le regardait, indiquaient assez à quel point c'était important pour elle.

Seulement, perdre la mémoire, ça vous change un homme. Je trouvais incroyable qu'elle n'ait pas demandé une seule fois s'il y avait une chance pour que José se souvienne d'elle. Elle avait oublié sa relation avec lui, pour ne plus se soucier que de l'état dans lequel il était. Autrement dit, elle pensait non pas à ce que José pouvait faire pour elle, mais à ce qu'elle pouvait faire pour lui.

— Ce qui est curieux, c'est qu'il se souvient parfaitement de son enfance. Il m'a déjà raconté des dizaines de fois son faux passé de star, ses exploits factices de danseur adulé, et il sait à quel point j'en suis écœuré, aussi, pendant nos promenades, il ne me parle que de Miami, de sa mère si gentille, tout ça. Il paraît que sa famille est toujours à Miami, il doit avoir envie de la voir.

Ralph m'a interrompu :

— Pourquoi vous ne l'y emmenez pas ?

— L'association ne peut pas le faire, il y a de nombreux malades qui aimeraient rentrer chez eux mais vous vous rendez compte combien ça coûterait de les emmener tous dans leur pays ? Il y en a qui viennent du Pérou, de Colombie, du Venezuela, d'Argentine, de Porto Rico…

J'étais tellement absorbé par la conversation que je n'ai pas entendu la sonnette. Cy Young s'est arrêté de regarder ses dessins animés et m'a montré du doigt le numéro de chambre de José sur le tableau, puis s'est mis à répéter comme un disque rayé :

— *Número cinco, número cinco, número cinco…*

Je suis retourné à la chambre : José avait dû avoir un nouvel accès de douleur car il était accroupi sur son lit et poussait des gémissements qui ressemblaient à un chant de guerre indien. Je lui ai doucement caressé le dos en lui murmurant à l'oreille : ça va aller, José, je suis là, ça va aller, je suis revenu.

Kyoko, adossée au mur, nous regardait d'un air inquiet. Elle a marché vers la fenêtre, quelque chose avait attiré son attention. Elle avait entendu un bruit. Un petit son métallique tintait sans arrêt, se mêlant aux gémissements de José. Comme si quelqu'un tapotait avec une fourchette le bord d'un récipient de verre. Non, ça résonnait plus longtemps que si c'était du verre.

Kyoko a entrouvert le rideau : une clochette à vent en métal était suspendue entre la fenêtre et le rideau. En forme de cloche de temple, elle tournoyait sous le vent en tintant. Kyoko a attrapé entre ses doigts le bout de papier suspendu au bout et l'a regardé longuement : c'était une photo de José enfant avec sa mère, toute jeune.

— C'est loin d'ici, Miami ? m'a demandé Kyoko après avoir relâché la clochette.

J'ai répondu :

— Huit ou neuf cents miles.

Puis j'ai entendu la voix de Kyoko dire distinctement, au milieu des tintements de clochette qui avaient repris.

— Je vais l'y emmener.

Ralph avait l'air carrément fâché maintenant. Le hall d'entrée s'était rempli peu à peu : Cy Young avait éteint la télé et lisait la colonne du cours de la Bourse dans le *Journal hispanique*, deux patients et deux bénévoles faisaient une partie d'échecs autour d'une table. A une autre table, une grande femme, une médecin nommée Cari, passait en revue des dizaines de radios des poumons, tout en fumant des cigarettes. Ralph se mit à parler à toute vitesse à Kyoko, sur un ton coléreux perceptible bien qu'il ait baissé la voix pour ne pas être entendu du reste de l'assistance :

— Bravo, Kyoko, c'est une idée géniale, tu vas emmener un malade du sida à des centaines de miles d'ici, dans le sud profond, hyperconservateur, c'est la première fois que j'entends quelque chose d'aussi magnifique, quelle idée de génie, encore bravo !

— Tu as oublié ? Je suis chauffeur de poids lourd, a répondu Kyoko, l'air de ne vraiment pas comprendre l'opposition de Ralph. Au Japon, je fais au moins trois cents miles par jour, ce n'est rien, en trois jours je serai à Miami.

Ralph a haussé les épaules et secoué la tête d'un air de dire : inutile de se fatiguer. Puis il m'a regardé : hé, dis quelque chose, c'est toi le responsable de tout ça, disait son regard.

— Ce n'est pas seulement une question de distance, José a besoin de soins constants, et puis c'est triste à dire, mais à la campagne, la discrimination et les préjugés envers les malades du sida sont loin d'avoir disparu.

Ralph a pointé un doigt tour à tour sur Kyoko et sur moi d'un air de dire : hein, tu entends ça, écoute bien ce que dit le vieux. Ce geste a paru agacer Kyoko. Comme ça, j'ai compris au moins une chose qu'elle n'aimait pas : l'ingérence dans les affaires d'autrui.

— Et puis, ça va faire des frais.

— L'argent ? Ce n'est pas un problème. Expliquez-moi plutôt comment il faut s'occuper de José.

J'ai ressenti d'abord une certaine répugnance, comme Ralph, devant l'inconscience de cette Japonaise qui ne connaissait rien aux Etats-Unis. Ce n'était certainement pas simple de parcourir les neuf cents miles de New York à Miami, avec un sidéen en phase terminale. Mais la volonté de Kyoko était inébranlable. Il n'y avait qu'à regarder ses yeux pour comprendre qu'elle n'en démordrait pas. Elle avait toujours vécu comme ça. Elle n'était pas du genre à suivre le plus grand nombre, non, elle jugeait seule de la situation, et décidait seule, et elle avait toujours fait ça.

— Kyoko, c'est hors de question.

Ralph s'est penché vers elle.

— Ecoute-moi, tu es une gentille fille, mais tu ne sais pas tout de ce pays, ici c'est aussi le pays du viol et du crime, et ce n'est pas un jeu, je ne pourrai pas supporter de voir une gentille gamine comme toi se faire dévorer toute crue.

Il a utilisé une expression comme ça, se faire dévorer, ou avaler, je ne sais plus. Ralph, c'est un type sincère et naturellement il n'avait aucune mauvaise intention en disant ça. Je voyais bien qu'il s'inquiétait pour elle. Ce n'était pas juste une relation de chauffeur à client. Il lui parlait comme on parle à un ami qu'on veut convaincre. Il se faisait vraiment du souci pour elle. Seulement, il la considérait comme une gosse. Elle avait l'air toute jeune, c'est sûr, et en plus elle donnait une impression d'innocence et de manque d'assurance. Mais Ralph n'avait pas compris une chose. Ce corps frêle qui semblait prêt à se briser débordait de volonté, autant que de sang et de cellules fraîches.

Kyoko s'est fâchée :

— Ralph, si tu as peur du sida, tu peux repartir, je me débrouillerai pour rentrer à Manhattan.

Elle a sorti une liasse de billets de sa poche, a fourré à peu près trois cents dollars dans la main de Ralph. Quand un client lui dit de s'en aller, le chauffeur n'a plus qu'à obtempérer. Il a lancé les billets d'un geste rageur dans sa casquette, et a dit avant de quitter le hall :

— Je n'ai pas peur, je suis triste, c'est tout.

Ce soir-là, on a commencé les préparatifs de voyage de José. Kyoko a dit qu'elle paierait tous les frais du voyage et de nombreux bénévoles ont apporté leur concours.

Mais c'est sans doute à Caridad Díaz et à Mark Adalbert que Kyoko et moi sommes le plus reconnaissants.

Cari est une doctoresse américaine de trente-trois ans d'origine dominicaine, au corps potelé. Elle a d'abord fait un cours à Kyoko sur l'énorme quantité de médicaments que José doit prendre tous les jours. Kyoko a noté toutes les posologies une à une, « un par jour avant le déjeuner, un par jour après le déjeuner, un par jour avant le déjeuner », etc., puis elle a enfermé le tout dans un récipient hermétique.

Ensuite Cari lui a expliqué comment utiliser les *IV drip*, autrement dit le goutte-à-goutte. José n'acceptait pratiquement aucune nourriture en dehors des glaces et des bananes, il fallait donc le sustenter deux fois par jour par voie de perfusion et lui injecter également des antibiotiques, les perfusions une fois qu'on était habitué, c'était très simple mais il fallait faire très attention à l'aiguille, la mettre dans un sac spécial pour la jeter dès qu'elle était retirée du bras du patient.

Mark, fils d'un fonctionnaire de l'armée de l'Equateur, s'est procuré le minibus, pouvant transporter jusqu'à quinze personnes, qui devait permettre de conduire José jusqu'à Miami. Non seulement il l'a négocié à un prix très bas, mais il a agencé l'intérieur, en remplaçant les sièges arrière par une simple planche de bois qu'il a recouverte d'un matelas, pour que José puisse voyager allongé.

Un minibus rouge vif.

INTERMÈDE : KYOKO II

Je suis rentrée seule à l'hôtel en pleine nuit.

Je suis épuisée, mais ce n'est pas une fatigue à donner envie de se fourrer sous les couvertures.

J'ai rencontré plein de gens, réfléchi à un tas de choses, mais maintenant je ne pense plus qu'à José. Et je ne veux plus penser qu'à lui, jusqu'à ce qu'il soit chez lui à Miami.

L'histoire avec Ralph pourtant, ça m'ennuie.

Il a été tellement gentil, s'est si bien occupé de moi, et voilà qu'on se quitte sur une dispute.

Ça m'est arrivé souvent, ce genre de choses, depuis que je suis petite.

J'ai décidé de ce qui était le plus important pour moi, et j'ai choisi de ne plus penser à rien d'autre qu'à ça.

Depuis que je suis petite, dès que j'ai un souci sur le cœur, si petit soit-il, ça m'angoisse au point d'oublier qui je suis, c'est comme si le monde entier allait s'écrouler.

Ça doit avoir un rapport avec la mort prématurée de mes parents.

Quelque part au fond de mon cœur, dans un recoin inconnu de moi-même, il y a cette pensée : le monde *peut* s'écrouler tout d'un coup.

Si je ne suis pas capable de déterminer quelle est la chose la plus importante pour moi maintenant, je ne peux pas me défendre contre les soucis.

Si je ne m'occupe pas de mes soucis, ils se développent à l'infini, et en un clin d'œil, détruisent le monde.

Mais si José ne m'avait pas appris la danse, je ne me serais sans doute jamais aperçue de tout ça.

En dansant je peux oublier toutes les choses désagréables, c'est à huit ans que j'ai compris ça.

Une fois que j'ai décidé de ce qui était le plus important, ça se répercute sur tout le reste de façon négative.

Par exemple, en ce moment, Ralph.

Je ne sais pas combien de fois on m'a dit, quand j'étais à l'école primaire : ton caractère de cochon te fera perdre tous tes amis.

Et les amis c'est important.

Mais il y a des choses plus importantes que les amis.

J'ai déplié une carte de la côte est des Etats-Unis sur le bureau de ma chambre d'hôtel.

New York, New Jersey, Pennsylvania, Maryland, Virginia, North Carolina, South Carolina, Georgia, Florida. Voilà les Etats que je traverserai en allant à Miami par l'*Interstate 95*.

Je me suis dit : ça ira, c'est la même chose que d'habitude.

Si je garde les yeux fixés sur la route devant moi et que je tiens fermement le volant, je finirai bien par arriver au but, que ce soit au Japon ou en Amérique.

VI

PABLO CORTÉS ALFONSO II

— Dis donc, José, ne va pas mourir avant d'arriver à Miami, hein, compris ?

Ce coup de téléphone est arrivé en pleine nuit. C'était ce cher Argentin, ce pédé de Sergio, qui me disait de venir dire au revoir à José tôt le lendemain matin parce qu'il partait pour Miami. Rien ne me revient chez ce type, Sergio : ni sa petite tête aux traits réguliers, ni sa peau étrangement lisse, ni ses mains efféminées, ni ses costumes de luxe, ni son haleine qui pue le médicament, rien.

— Hé, Pablo, on doit être reconnaissant à tout le Japon, tu sais, en fait c'est une Japonaise qui emmène José en voiture jusqu'à Miami.

Qu'est-ce que c'est que cette histoire, je me suis dit, je me demande s'il faut se réjouir ou se lamenter. C'est cette fille, c'est sûr. Et la mère de José, autrement dit ma sœur Alicia, qui n'est au courant de rien ! Elle s'imagine que José est professeur de danse à New York, comme autrefois. Et José, c'est de la bouillie qu'il a à la place du cerveau maintenant. Il se prend pour un danseur célèbre et s'imagine que sa mère va l'accueillir à bras ouverts. Alicia, c'est une femme orgueilleuse, une Cubaine qui a du sang catalan, terriblement conservatrice avec ça. Que peut penser du sida une femme comme elle, qui n'a jamais appris plus de deux mots d'anglais et qui se fâche quand les chauffeurs de taxi ne comprennent pas l'espagnol ? Une femme qui ne s'est jamais inclinée devant personne, ni devant Fidel ni devant Batista.

Tout ça me déprimait terriblement, j'ai fermé le bar plus tôt que d'habitude et suis allé dans un de ces *convenience store* ouverts vingt-quatre heures sur vingt-quatre, et j'ai acheté la plus grosse boîte de jambon que j'ai pu trouver. Alicia elle a toujours adoré le jambon, depuis toute petite, et je ne sais pas pourquoi, surtout le jambon en boîte. Je suis allé en taxi jusqu'à Penn Station, et j'ai attendu le bus en buvant un café insipide, les doigts engourdis par le froid. Une fois dans le bus pour Queens, je suis arrivé à cette conclusion, typique de ma philosophie : de toute façon elle l'aurait appris tôt ou tard, juste une question de temps. Dans les moments importants de la vie, j'ai pour habitude de préparer une petite conclusion adaptée à la situation. C'est peut-être la sagesse de l'exilé, mais je refuse de me laisser accabler par le malheur, avec des sentiments pleins d'ambiguïté. Que Kyoko parvienne à emmener José jusqu'à Miami ou non, le jour où José mourra, Alicia sera affreusement triste, et elle apprendra de toute façon qu'il est mort du sida. En fait, elle sait peut-être déjà tout. Les femmes, et les mères surtout, savent tout d'avance. José a envie de revoir sa mère. Alors, quoi que Kyoko essaie de faire, cela n'amènera pas à une situation plus malheureuse que ce qu'elle est déjà.

Il faisait encore nuit quand je suis arrivé. Dans l'air glacial où leurs haleines soufflaient de petits nuages blancs, Kyoko, Sergio et d'autres bénévoles de l'association étaient en train de ranger les affaires de José dans le minibus. En voyant Kyoko, j'ai voulu dire quelque chose mais je n'ai pas pu. Nos regards se sont croisés, elle m'a fait un grand sourire, et bizarrement je me suis senti tout heureux. En général un homme est heureux quand une jeune et jolie fille, quelle que soit sa nationalité, lui fait un sourire mais dans le cas de Kyoko, c'était différent. Il me semble que ce n'était pas juste à cause de son visage aux traits réguliers, ni de l'éclat perçant de ses yeux. C'était quelque chose de grand qui la poussait en avant, la faisait réfléchir, agir. Mais pas quelque chose de vague comme le destin. Dans la *santeria*, la religion primitive de Cuba, il y a un dieu du tonnerre nommé Chango. Sa danse repose sur des gestes uniques qui consistent à attraper de ses mains dans l'atmosphère la puissante énergie de Chango pour la rassembler dans le bas-ventre. A travers Chango le danseur essaie de s'approprier les forces cosmiques et d'entrer dans le flux de l'univers et il me semblait que ce que poursuivait Kyoko ressemblait à ça. Elle sentait, pensait et agissait en suivant un courant puissant et naturel. Et elle transmettait cette énergie à son entourage. C'est pour ça que, si elle vous ignorait, vous aviez l'impression que c'était le cours même de l'univers qui vous avait oublié. Mais si elle vous souriait, alors une joie étrange vous envahissait.

Les effets personnels de José composaient une espèce de bric-à-brac insensé. Des piles de magazines de danse, des peintures à l'huile maladroites réalisées par Dieu sait qui, des chiffons tachés empestant le médicament, un ventilateur, une bouilloire et des tasses à café, de vieux vêtements.

Le minibus pour quinze personnes, une fois empli de ce bric-à-brac et d'une énorme quantité de médicaments, devint une sorte de *mobile home* pour malade. La clochette à vent, au bout de laquelle était suspendue une photo d'Alicia toute jeune et de José enfant, était accrochée à la fenêtre. C'était une clochette en métal, qui avait un très joli tintement, tel qu'on en entend rarement. Quand on a eu fini d'entasser les bagages à l'intérieur, José est monté à son tour, et s'est allongé sur le lit spécialement aménagé pour lui. On était enfin prêts pour le départ, et Kyoko a alors regardé longuement la clochette.

— Tiens, voilà du jambon pour Alicia, elle aime bien ça.

— Merci Pablo, maman sera contente, c'est vrai, elle adore le jambon.

— José, dis-moi franchement, cette Japonaise, tu ne t'en souviens vraiment pas ?

— Je n'ai jamais mis les pieds au Japon, je te dis ! En tout cas, on dirait que les Japonais sont serviables, non ? Tu te rends compte, faire tout ce voyage jusqu'à Miami, exprès pour moi !

Je ne pense pas qu'il mentait en me répondant ça. Même tout petit, José n'a jamais été menteur, et dans un cas pareil, quel intérêt aurait-il eu à mentir ? Tout ce que je peux dire, c'est que les filles changent complètement en grandissant. Kyoko, à l'époque où elle dansait avec José, avait huit ans. Si un père quittait sa propre fille à huit ans puis la retrouvait sans transition à vingt et un ans, je ne suis pas sûr qu'il saurait la reconnaître.

— Dis donc, José, ne va pas mourir avant d'arriver à Miami, hein, compris ? Je lui ai dit en lui prenant la main avant de refermer la porte.

Ses mains qui étaient plutôt noires autrefois étaient maintenant blanches comme une savonnette. Non, je tiendrai le coup m'a-t-il répondu en essayant de me serrer la main en retour, mais il n'avait aucune force.

Il n'ira peut-être pas jusqu'au bout du voyage, je me suis dit, et j'ai refermé la porte en vitesse, parce que je sentais les larmes me monter aux yeux.

Je me suis tourné et j'ai regardé ce qui se passait du côté du siège avant : ce pédé de Sergio avait un air tout embarrassé. Kyoko venait de lui demander d'où elle devait prendre l'*Interstate 95* et personne n'était capable de lui répondre. Il me semblait que c'était du côté du New Jersey, mais comme je n'étais pas sûr je suis resté à l'écart en gardant le silence. C'est à ce moment-là qu'on a vu arriver le Ralph dans un side-car rose. Il y avait une pizza peinte sur la carrosserie. Ah, c'était donc ça, ce type était marchand de pizzas, à la réflexion il avait lui-même une tête de pizza *pepperoni sausage*.

— *Hey*, Kyoko, tu n'as qu'à me suivre, je te montre le chemin jusqu'à l'entrée de l'autoroute !

Voilà ce qu'il lui a lancé, en nous ignorant complètement, Sergio et moi, après quoi il est reparti dans une pétarade d'enfer, à travers les rues de Queens où l'aube se levait, avec dans son sillage le minibus rouge vif de Kyoko.

Ce pédé de Sergio avait l'air tout triste qu'elle soit partie sans même l'embrasser pour lui dire au revoir.

Moi aussi je me sentais seul.

VII

RALPH BIGGS III

— Tu es une gentille môme, tu sais, je trouve ça moche que tu sois venue exprès du Japon et que tu ne fasses que des expériences horribles dans ce pays, mais écoute, l'Amérique a aussi plein de côtés sensationnels que tu ne connais pas encore, même New York, hein.

On avait rendez-vous à dix heures ce jour-là, mais à neuf heures quarante-cinq ma limousine attendait déjà devant l'entrée de son hôtel. La veille, quand elle m'avait demandé, après sa démonstration de danse supercool, si je voulais bien l'accompagner à Queens, ça m'avait vraiment rendu heureux. Parce qu'il me semblait qu'elle comptait sur moi.

Son hôtel était dans la 57e Rue, une turne d'à peu près deux étoiles et demi, du genre à recevoir des groupes de touristes du Middle West, et devant laquelle les limousines *super stretch* ne risquaient pas de s'arrêter. Quand le portier au nœud papillon tout fripé m'a vu descendre de mon carrosse, il m'a jeté un regard ahuri, en roulant des yeux ronds du genre : qu'est-ce qui se passe ? A dix heures pile, Kyoko est apparue devant l'entrée, et est montée dans ma voiture, l'air passablement fatigué. Avec son jean, son pull, son blouson et ses tennis, elle n'avait pas tellement l'allure d'une passagère de limousine, si bien que le portier m'a demandé qui elle était. Une *rock-star* japonaise, je lui ai répondu.

Good morning, a dit Kyoko, après quoi elle est restée silencieuse au fond de la voiture. Pas étonnant, quand on va retrouver quelqu'un qu'on n'a pas vu depuis douze ans. Quand, en plus, cette personne a le sida, alors là, c'est normal qu'on n'ait plus envie d'ouvrir la bouche.

Le bâtiment ne ressemblait en rien à un hospice. Ça ressemblait plutôt à un lieu de réunion pour nouvelle secte religieuse composée d'anciens hippies. On a appuyé sur la sonnette, personne ne se montrait. Je commençais à être sceptique et à me demander si on était vraiment au bon endroit quand deux homos sont arrivés derrière nous et nous ont demandé ce qu'on voulait. Et il se trouve qu'un des deux était José. Tous les deux avaient des têtes de Latinos mais ce que j'ai trouvé déplaisant surtout, c'est de les voir arriver comme ça bras dessus, bras dessous, en fait c'était sans doute normal puisque c'étaient des malades tous les deux. Ce n'est pas que je sois raciste envers les Latinos ou les gays ou les malades du sida ou qui que ce soit mais j'ai bien le droit de trouver certaines choses déplaisantes, non ?

— José !

La voix de Kyoko a fait voler mon mécontentement en éclats. C'était une voix très sérieuse. J'ai cru bêtement qu'ils allaient se tomber dans les bras l'un de l'autre en disant : ah, ça faisait longtemps ! Mais quand José s'est entendu appeler par son nom avec un tel accent de gravité, il a aussitôt essayé de se cacher dans l'ombre du quadragénaire qui l'accompagnait. Tiens ? Qu'est-ce qui se passait ?

Le type de quarante ans, un gay à deux cent pour cent si vous voulez mon avis, s'appelait Sergio. Un bénévole qui s'occupait de José, à ce qu'il nous a dit, mais son costume valait un paquet de fric. Les bénévoles ne roulent pas sur l'or d'habitude, que je sache, en tout cas ce type m'était vraiment antipathique.

— José, c'est moi, Kyoko.

Le spectacle était vraiment écœurant. Je me demandais ce que je devais faire. Le nommé José était aussi blême qu'une figure de cire du musée de Mme Tussaud, il avait des chaussures que même un jeune voyou de Spanish Harlem n'aurait pas osé porter, un pantalon qui lui moulait les fesses, et une veste en cuir bon marché qui avait l'air d'avoir été taillée à l'instant même dans la peau d'un porc sous-alimenté, et il regardait Kyoko avec un air terrifié. Et comme en plus ces deux types dégageaient un parfum de pédérastie et de sida perceptible à deux kilomètres, si Kyoko n'avait pas été là, je crois que j'aurais pris la tangente en moins d'un centième de seconde.

En tout cas, Kyoko faisait peine à voir. Elle était dans un tel état que si quelque chose à l'intérieur d'elle s'était brisé à ce moment-là dans un énorme fracas, ça m'aurait paru normal, mais évidemment, avec elle, il ne s'est rien passé de ce genre.

C'est vraiment uniquement parce que j'étais inquiet pour elle que j'ai eu le courage d'aller jusqu'à la minuscule chambre de malade qu'occupait le José.

— Vous êtes des fans, c'est ça ? Voilà ce qu'il nous a sorti, le José, dans le hall d'entrée. Kyoko, comme elle est gentille, elle a hoché la tête pour simplifier, mais moi, j'ai cru que j'allais vomir.

— Je m'appelle Kyoko, tu ne te rappelles pas de moi ? Tu m'as appris la danse, au Japon, il y a douze ans de ça, tu étais G. I…

Ça me faisait mal au cœur de la voir s'évertuer désespérément à réveiller ses souvenirs. J'avais réellement mal dans la poitrine. Qu'est-ce qui se passe donc dans ce pays, qu'est-ce qui va de travers au point qu'une petite fille de vingt ans venue exprès du Japon se retrouve dans des situations pareilles ? C'est qu'elle est venue de drôlement loin la petite, après avoir travaillé comme chauffeur de camion pour mettre de l'argent de côté, se payer un billet en classe économique et passer plus de dix heures dans un avion. Qu'est-ce que ça veut dire, ça ? Elle commence par se faire arnaquer sur le prix de la course par un chauffeur de limousine, elle va juste retrouver un ami qui compte beaucoup pour elle et à la place elle tombe sur un peintre fêlé, puis un vieux menteur entêté, et quand elle retrouve enfin son ami, voilà qu'il a le sida, qu'il est complètement décrépit, atteint jusqu'au cerveau ! Elle n'a pourtant pas été envoyée par l'armée dans un pays inconnu sur les cartes, non, cette fille est jolie, gentille, elle danse comme une déesse, et elle vient nous rendre visite chez nous. Ça ne se fait pas de décevoir à ce point des gens qui se sont déplacés exprès pour vous rendre visite.

Le José, il est vraiment complètement frappé. J'ai compris tout de suite en entrant dans sa chambre qu'on avait affaire à un fou. Son mur était plein de photos sinistres de lui et d'autres danseurs, et il nous a raconté en long et en large, en suant par tous les pores, l'air blafard, qu'il avait toujours été une star de la danse, qu'il n'avait jamais fait l'armée et jamais mis les pieds au Japon. Moi j'en avais des frissons comme si j'étais constipé depuis trois jours, et j'ai bien cru que cette odeur écœurante de sueur, de médicaments et d'eau de Cologne bon marché allait me faire gerber.

Mais enfin, si écœurant que soit tout ça, je n'allais quand même pas me mettre à vomir devant Kyoko, et je ne voulais pas qu'il lui arrive des choses aussi affreuses. Je nageais en plein cauchemar.

Sergio nous a expliqué que le virus avait atteint le cerveau de José, que ses souvenirs étaient complètement confus et qu'il embellissait le passé à sa guise. Quand même, je me demandais quelle sorte de mental Kyoko pouvait bien abriter en elle. Si le mental était un élément séparable de l'être humain, j'aurais bien voulu voir la tête du sien. Je l'imaginais blanc comme sa peau, lisse, et avec une jolie forme. Mais pas forcément patient, ni ignorant de ce qui est sale ou déplaisant dans la vie.

Fort… Oui, fort, c'était le seul mot qui me venait à l'esprit. C'est certainement une force d'une espèce que je ne peux pas comprendre qui l'a poussée à faire ça, mais voilà qu'elle a dit un truc à peine croyable. Sergio lui a expliqué que José voulait retourner dans son pays d'enfance, à Miami, et revoir sa mère, et alors, elle a déclaré qu'elle allait, elle, l'emmener là-bas en voiture !

A ce moment-là, dans cette petite chambre confinée et puante, les cris de douleur de José, qui se pressait le dos des deux mains, se sont mêlés aux tintements de la clochette à vent. Le bruit de cette clochette métallique, ça me faisait une impression sinistre, c'était d'une tristesse insondable, comme si le son vous entraînait quelque part au loin.

Je n'en suis pas revenu quand j'ai entendu Kyoko annoncer qu'elle emmenait le José à Miami. Ça faisait un moment que je pensais à lui conseiller sérieusement de rentrer à Manhattan et d'aller voir un spectacle de *musical*, je voulais lui dire : écoute, je comprends ce que tu ressens mais ça ne sert à rien de rester là. Il y a plein de choses vraiment moches mais auxquelles on ne peut rien faire en ce monde, de toute façon il a perdu la mémoire, et il n'en a plus pour longtemps à vivre, tu auras beau rester avec lui jusqu'à sa mort, il ne se rappellera pas de toi pour autant, il ne peut même plus danser avec toi, je m'imaginais la ramenant à Manhattan dans ma limousine et lui expliquant tout ça le long du chemin. Elle, elle serait effondrée à l'arrière, en train de sangloter, vous voyez l'ambiance. Réflexion faite, ce n'était pas le genre de fille à éclater en sanglots, même quand toutes les issues sont bloquées. Autrement dit, je n'avais absolument pas compris quel genre de fille c'était.

— Bravo, quelle idée géniale, je lui ai dit pour essayer de l'arrêter. Autrement dit, j'ai dit ça ironiquement, parce que je pensais vraiment qu'il valait mieux laisser tomber. Je ne la prenais pas pour une idiote. Je ne voulais pas qu'elle se mette dans le pétrin, c'est tout.

— Moi au Japon, je fais trois cents miles par jour, en trois jours je peux être à Miami.

Voilà ce qu'elle a répondu, face à mon ironie, en pinçant les lèvres, et c'était la première fois que je la trouvais antipathique. Elle m'a vraiment énervé. Je ne sais pas bien pourquoi, mais Kyoko, c'est une fille, quand elle est mignonne elle est *vraiment* mignonne, mais quand elle est de mauvaise humeur, alors là on se met à la détester, à en être étonné soi-même, j'ai compris ça pour la première fois. Mais j'ai compris un peu tard.

Sergio a d'abord pris mon parti, et a essayé de lui enlever cette idée de la tête en lui expliquant que c'était épuisant de s'occuper d'un malade du sida, et que dans le sud, ils étaient conservateurs, racistes et pleins de préjugés, et que ça coûterait beaucoup d'argent, mais en y repensant maintenant, ce qu'il disait c'était comme d'essayer d'éteindre un incendie avec une pompe à essence. Sergio, il comprenait tout ça, lui, c'était un Latino, il avait dû en voir de toutes les couleurs dans sa vie, Moi, c'était la première fois que je rencontrais une fille comme Kyoko. La première fois qu'elle avait vu un malade du sida de près, ça avait dû lui faire peur et la dégoûter, pourtant, elle n'avait pas hésité, elle n'avait demandé l'avis de personne et lui avait tendu un bonbon pour la toux. Quand on lui avait menti en lui disant que son précieux ami était mort, elle ne s'était pas mise en colère ni effondrée en larmes, non, elle avait pris le cocktail qu'on lui tendait et dit *thank you*. Des filles comme ça, croyez-moi, il n'y en a plus dans ce pays.

La Laura de *La Petite Maison dans la prairie*, ça a dû être la dernière du genre. Tout d'un coup je me suis demandé si je ne devrais pas épouser une Japonaise. En plus sa gentillesse n'était pas destinée à se faire bien voir de la galerie. José, c'est un gars qui a perdu la mémoire, il est complètement à côté de ses pompes. Simplement, comme il veut voir sa famille, elle annonce tranquillement, comme si c'était tout naturel, qu'elle va l'emmener à Miami, parce qu'elle, elle est en vacances, elle a du temps devant elle pour voyager et que la conduite, c'est sa spécialité. Et en faisant ça, elle est guidée par sa force, une force incroyablement saine.

Seulement, le sud, ce n'est pas comme ici. Même en admettant que ce soit moins pire que la Louisiane ou l'Alabama, qu'est-ce que vous croyez qu'il se passera si elle se fait arrêter sur l'autoroute par la police de Géorgie, par exemple, hein ? Une Japonaise et un malade du sida en fin de course, vous voyez le tableau ! S'ils veulent leur chercher des noises, les flics trouveront toujours quelque chose. Moi je n'avais pas envie que Kyoko se mette à détester l'Amérique. Ça peut paraître bizarre mais je voyais les choses comme si j'avais été le représentant du peuple américain.

— Ecoute, tu ne sais pas tout de ce pays, ici c'est aussi le pays du viol et du crime, et ce n'est pas un jeu, je ne pourrai pas supporter de voir une gentille gamine comme toi se faire dévorer toute crue.

Il y avait sûrement plein d'autres façons de lui dire ça, mais le résultat aurait sûrement été le même.

Elle s'est levée et elle m'a lancé :

— Je crois que tu as peur du sida !

Dans ce hall d'hospice où flottait l'odeur de la mort, les malades et les bénévoles se sont tous retournés en même temps pour nous regarder, Kyoko et moi.

— Tu peux repartir, je me débrouillerai pour rentrer à Manhattan.

Tu ne crois pas que je vais te laisser dans un endroit pareil, je me suis dit, mais elle m'a fourré dans la main le prix de deux heures de location de limousine. J'étais viré.

— Je n'ai pas peur, je suis triste, c'est tout.

A dire vrai, pendant que je marchais vers la sortie en dépassant ces types qui ressemblaient tous à des fantômes couverts de sarcomes de Kaposi, je me suis aperçu que je n'avais toujours pas réparé mon erreur sur le tarif, elle m'avait encore trop payé, mais ce n'était pas dans ce genre d'ambiance que je pouvais dire : « tiens, au fait, pour le tarif de la limousine… » et je suis rentré seul à Manhattan, d'humeur plutôt sombre.

D'habitude, les soirs où il m'est arrivé des pépins et où je n'ai pas le moral, je fume un peu d'herbe et je bois une petite liqueur, mais ce soir-là, je suis resté à jeun et je n'ai fait que penser à Kyoko. Ça ne me plaisait pas de la quitter comme ça sur une dispute, et plus que tout, la quitter en l'arnaquant sur les tarifs, ça me paraissait vraiment *heavy*.

« Découverte macabre dans un fourré le long d'une autoroute de Géorgie : les cadavres côte à côte d'une jeune Japonaise et d'un sidéen d'origine hispanique… » Des gros titres de ce style, il y en a tous les jours dans les journaux de ce pays, mais même sans parler de cas extrêmes comme celui-là, je sentais que si elle avait un accident par exemple, le fait de l'avoir arnaquée sur les tarifs multiplierait mon chagrin par mille.

En tout cas, il fallait que je lui rembourse la différence. Comme j'avais rangé la limousine au garage de ma boîte, il fallait que j'emprunte à nouveau le sidecar de Franco, mais le problème, c'était surtout l'attitude à adopter quand je me retrouverais en face de Kyoko.

J'étais toujours opposé au fait qu'elle emmène José jusqu'à Miami. Il ne s'agissait pas de savoir si c'était bien ou mal, mais c'était complètement imprudent. Seulement, elle était vraiment décidée à le faire, et je n'avais aucun droit de l'en empêcher, et puis il y avait quelque chose qui me tracassait tout au fond de moi.

Kyoko c'était une fille forte, et elle vivait en suivant le cours naturel des événements. Emmener ce malade à Miami, vu de l'extérieur, c'était un projet d'une inconscience pure, mais elle, ça lui semblait sûrement tout naturel. Aujourd'hui, par exemple, elle n'avait absolument pas compris pourquoi j'y étais opposé, ça se voyait sur son visage. Il doit y avoir quelque chose qui m'a échappé, quelque chose que j'ai oublié, dans tout ce qu'elle m'a raconté jusqu'à présent. C'est difficile de comprendre les autres. Parce qu'on juge les actes des autres à l'échelle de notre propre niveau d'informations, de notre propre sens des valeurs, de nos propres sentiments.

Kyoko, ce n'est pas une personne très difficile à comprendre.

J'ai essayé de me rappeler intégralement tout ce qu'elle m'avait dit depuis notre première rencontre. Je me suis installé sur la plus confortable des trois chaises que compte mon petit appartement en désordre, j'ai baissé la tête comme si je priais, j'ai pris mon front dans mes deux mains, et j'ai essayé de me rappeler. Ce n'était pas pour la galerie, et ce n'était pas par inconscience, il devait y avoir une raison naturelle pour qu'elle veuille aller à Miami à ce point.

Au bout de vingt minutes, je me suis rappelé une chose qu'elle m'avait dite. Et à l'instant où je me suis souvenu de cette phrase qu'avait eue Kyoko, j'ai senti quelque chose de froid couler de mes yeux, glisser le long de ma joue et tomber sur mes genoux avec un petit « ploc ».

— José, il m'a aidée, il m'a sauvée, ça peut paraître exagéré parce qu'il n'a fait que m'apprendre à danser, mais c'est vrai, non, puisqu'il m'a appris ce qu'il y avait de plus important dans la vie. Il m'a sauvée parce qu'il m'a appris quelque chose d'essentiel qui permet de continuer à vivre quoi qu'il arrive, c'est pour ça que j'ai toujours pensé à le revoir, tu vois quand j'y pense, je ne lui ai pas encore dit merci…

Vers minuit j'ai appelé le bureau de l'association de bénévoles et j'ai demandé à quelle heure José partait le lendemain, j'y suis allé un peu en avance et j'ai attendu le moment du départ de Kyoko, caché dans l'ombre du bâtiment voisin de l'hospice. Sergio, Pablo et José m'étaient toujours aussi antipathiques, c'était difficile de décider à quel moment je devais me montrer. J'avais attendu en tremblant de froid dans ma cachette avec l'idée de la suivre au moment du départ, sans me faire remarquer jusqu'à l'entrée de l'autoroute, et de la dépasser alors en lui criant : « *Hey*, Kyoko ! » mais j'ai saisi ma chance au vol avant ça. Toute la bande avait l'air contrariée par quelque chose, j'ai tendu l'oreille, et j'ai compris qu'ils ne savaient pas où était l'entrée de l'*Interstate 95*. Bien fait ! J'ai mis la Triumph en marche.

George Washington Bridge.

Le soleil commençait à monter dans le ciel, le brouillard doré sur les eaux de l'Hudson s'était levé, l'ombre de la charpente d'acier qui soutient perpendiculairement le pont s'allongeait en direction du New Jersey.

— En traversant ce pont, on s'engage directement sur la 95, après tu roules toujours vers le sud, et tu arrives à Miami.

— Compris !

Quand elle m'avait vu apparaître avec mon sidecar, Kyoko avait eu l'air toute contente.

— Au fait, pour le tarif de la limousine, en réalité, c'était soixante dollars de l'heure, tu m'as donné deux cents dollars de trop, je te les rends.

Kyoko a pris les deux cents dollars avec un grand sourire, et m'a dit que j'étais honnête.

— Ouais, enfin, de temps en temps je deviens honnête.

Et puis, je lui ai dit ce que j'avais décidé de lui dire :

— Tu es une gentille môme, tu sais, je trouve ça moche que tu sois venue exprès du Japon et que tu ne fasses que des expériences horribles dans ce pays, mais écoute, l'Amérique a aussi plein de côtés sensationnels que tu ne connais pas encore, même New York, hein.

Elle m'a regardé droit dans les yeux et m'a dit : je sais, et elle m'a souri. Après avoir souri, elle a tendu le cou en avant, et je me suis dit : bon sang, c'est pas vrai ! Mais si, c'était vrai, et elle m'a embrassé. Je me sentais tout engourdi, elle avait les lèvres glacées, et toutes douces.

— *Good luck, girl !* Ça ira, va, tu as un dieu avec toi.

Je lui ai dit ça, et je le pensais sincèrement.

Elle est partie en agitant la main en signe d'adieu.

Le George Washington Bridge a aspiré le minibus rouge. Il avait déjà disparu depuis un bon moment que moi, j'étais toujours là, les yeux dans le vague, à contempler ce pont argenté qui fumait dans le brouillard matinal.

VIII

JOSÉ FERNANDO CORTÉS

— Je suis arrivé de Cuba avec ma famille quand j'avais cinq ans, à Miami je n'arrivais pas à me faire d'amis, j'étais tout le temps seul, et à l'école, Elena était la seule à être gentille avec moi, tu as déjà vu *Forrest Gump* ?

Quand on vit en permanence avec la peur de la mort et de la crise de démence, on s'adapte, ça finit par paraître normal. Il faut faire très attention. Particulièrement quand la douleur continue à vous priver de vos forces, jusqu'à réduire à néant votre énergie physique.

Il m'arrive de ressentir la peur comme quelque chose d'extérieur à moi.

Je m'aperçois que je peux observer, comme s'il s'agissait de celle de quelqu'un d'autre, mon angoisse à l'idée de ce qui se passerait si je m'arrêtais brusquement de respirer. Peut-être que la mort, c'est un état proche de ça.

Ce médecin, là, cette femme, comment s'appelle-t-elle déjà, Sergio dit toujours que c'est une nymphomane, ah, mince, je me rappelais son nom il y a cinq secondes, et maintenant je l'ai oublié. Ce médecin, elle m'a dit :

— Il vaut mieux ne pas trop penser à la mort et à l'angoisse de façon abstraite. Quand on rumine quelque chose à quoi on n'a pas de réponse, la fonction immunitaire tombe en dessous de zéro.

Je fais comme elle m'a appris, cette doctoresse, quand je suis consciemment en proie à l'angoisse, je me mets à compter de cent à zéro en enlevant sept à chaque fois. Il paraît qu'en même temps, ça m'exerce les cellules grises. 100, 93, 86, 79, 72, 65, 58, 51, 44, 37, 30, 23, 16, 9, 2… Seulement, ces deux derniers mois, je n'ai pas pu compter une seule fois jusqu'à la fin. Je m'embrouille au milieu, et je reviens à cent, ou alors je m'endors aux alentours de cinquante.

Quand je me suis réveillé, j'étais allongé à l'arrière d'un minibus, tout secoué par les cahots. Ah, c'est ça, je suis en route pour Miami. Cette gentille Japonaise qui est apparue hier. Je me demande où on est en ce moment, et depuis combien de temps on roule. Je n'en ai pas la moindre idée. Ça fait peut-être une minute seulement qu'on est partis, ou alors vingt heures.

Je me suis redressé. Je ne me sens pas mal. Je n'ai pas ces frissons que je ressens parfois, comme si mon sang s'était arrêté de circuler, pas de sueurs froides, et mieux que tout, je n'ai pas mal. J'ai regardé dehors par la fenêtre : il pleuvait, et je n'ai pratiquement pas vu de verdure. Les arbres le long de l'autoroute n'avaient pas de feuilles, ils avaient l'air tout noirs.

J'ai vu un panneau annonçant : New Jersey. C'est ça : on vient juste de quitter New York.

La Japonaise me regarde dans le rétro. Elle conduit assez lentement, elle fait tout son possible pour que je ne sois pas trop secoué.

— Je peux parler un peu avec toi ?

C'est moi qui le lui ai demandé. C'était la première fois qu'on parlait seuls tous les deux.

— Bien sûr. Comment tu te sens ?

— Pas mal. Tu parles espagnol ?

— Pas un mot, désolée.

Elle a une voix agréable. C'est la première fois que je peux l'observer d'aussi près, et je m'aperçois qu'elle a les traits réguliers. Tandis que je parle avec elle, ma propre laideur me fait un peu honte.

— Comment tu t'appelles déjà ?

— Kyoko.

— Ki, Ki…

— K. Y. O. K. O.

En me disant son nom, elle m'a regardé fixement. Il paraît qu'elle me connaît, elle doit confondre avec quelqu'un d'autre.

— Je ne peux plus actionner ma langue comme je veux, tiens, regarde.

J'ai tiré la langue pour lui montrer. J'avais honte mais si je devais aller avec elle jusqu'à Miami il valait mieux qu'elle sache tout de suite à qui elle avait affaire. Ma langue est couverte d'une sorte de moisissure blanche. Ces endroits-là sont insensibles. Quand je parle, ça me donne une sensation très désagréable. « Kyoko », ça m'est difficile à prononcer. Quand je m'efforce de prononcer à tout prix des mots trop difficiles pour moi, ça m'énerve. Depuis le début de ma maladie, j'ai perdu toutes sortes d'énergies à une vitesse terrible, mais ce sont surtout mes capacités d'attention, de concentration et de patience qui sont tombées à zéro.

— Regarde, j'ai des taches blanches qui tracent une espèce de carte sur ma langue, ça me gêne pour parler.

Je me demandais si je pourrais l'appeler autrement. C'était sans doute très impoli de ma part. Et si elle se mettait en colère, je me sentirais complètement impuissant.

— Euh, si c'était possible, je, j'aimerais… Non, c'est impossible, ce ne serait pas poli.

— Quoi donc ?

— Non, rien.

— Dis toujours.

— Euh, je ne savais pas que les Japonaises étaient aussi gentilles.

— C'est ça que tu voulais me dire ?

— Non, écoute, je peux t'appeler Elena ?

— Elena ?!

Elle avait un peu haussé la voix, ça m'a fait sursauter.

— Excuse-moi, oublie ce que j'ai dit, non, je suis trop impoli, tu veux m'emmener à Miami et moi, je me montre tellement grossier, excuse-moi, oublie ça.

Tout en parlant, je la regardais d'un air suppliant. Je pensais sincèrement que c'était très grossier de ma part, mais en même temps je tenais à l'appeler Elena. Je ne pouvais pas le lui commander, et les Cubains, quand ils ne peuvent pas donner d'ordres, ils supplient. Un Cubain, ça ordonne ou ça supplie, mais ça n'abandonne jamais.

— Pourquoi « Elena » ?

— Je suis arrivé de Cuba avec ma famille quand j'avais cinq ans, à Miami je n'arrivais pas à me faire d'amis, j'étais tout le temps seul, et à l'école, Elena était la seule à être gentille avec moi, tu as déjà vu *Forrest Gump* ?

— Elena, elle était comme la Jenny de *Forrest Gump* ?

— Oui, elle a été ma Jenny à moi. Je sais que je suis en train de perdre la mémoire, pourtant, c'est curieux, je me souviens très bien de quand j'étais petit, tout le reste est flou comme les images d'un film mal réglé, mais je revois nettement le visage d'Elena. Je me le rappelle comme une image aux couleurs très vives, je me demande pourquoi, je la vois en rêve aussi, c'est drôle mais dans mes rêves, je suis comme maintenant, et elle, elle est toujours enfant, c'était une fille d'une gentillesse incroyable, elle dansait bien aussi, c'était la meilleure danseuse de cha-cha-cha, à l'école primaire de Coconuts Grove West.

J'ai continué sur ce ton plaintif.

— Ça va, tu peux m'appeler Elena.

Quand elle m'a dit ça j'étais vraiment heureux, je me sentais tellement bien que j'ai réussi à m'allonger. Je me suis allongé et j'ai fermé les yeux en murmurant « Elena, Elena » au lieu de compter « 100, 93, 86, 79… ».

Nous nous sommes arrêtés sur une aire de repos sous une petite pluie froide, Elena m'a attendu avec un parapluie quand je suis sorti des toilettes. J'étais inquiet à l'idée qu'elle était peut-être partie sans m'attendre, mais non, elle était là avec son parapluie. Le ruban de chaussée humide et les rangées de maisons du New Jersey, fumant sous la pluie, offraient une jolie vue de l'aire de repos située sur une petite butte. Je suis heureux quand je trouve quelque chose beau. J'étais en train de me dire que j'aurais voulu rester toujours dans cet état, quand la douleur m'a assailli brutalement dans le dos, comme pour se moquer de moi. J'ai saisi le bras d'Elena. La douleur me prive de mes forces à un point qui me met en rage. Le corps humain est plein de câbles. Les vaisseaux sanguins, par exemple, ou les nerfs. La douleur prend la forme d'un sécateur qui sectionne tous ces câbles.

Chlac, chlac, chlac.

Le corps oublie déjà sa rage, il se rend, commence à se paralyser, à mourir par petits bouts.

— Excuse-moi, Elena.

— Ce n'est rien.

— Même si je te touche, ça ne te donnera pas le sida, tu sais.

— Je sais ça.

— Hm, tout le monde le sait, mais personne n'a envie de me toucher.

— Tu souffres beaucoup ?

— J'ai connu pire. Avec Sergio, on donne des noms de boxeurs aux différents degrés de douleur, le pire c'est Mike Tyson.

— Et le plus faible ?

— Mickey Rourke.

Elle a ri quand j'ai dit ça. La gaieté de son rire m'a semblé faire fondre en partie la douleur métallique agrippée à mon dos.

100, 93, 86, 79, 72, 65, 100, 93, 86… De temps en temps la douleur se réveille comme un éclair ou une averse, puis s'en va. Il est difficile de ne pas penser à sa prochaine manifestation. Parce que c'est elle qui me soutient. Elle ne s'étend pas à l'ensemble de mon corps. Elle m'attaque par endroits, entre le dos et la taille. Ce n'est pas la sensation d'une pointe de couteau ou de scalpel. Ce serait plutôt une mine de stylo qui me transpercerait de l'intérieur du corps vers l'extérieur, et qu'on remuerait lentement de droite à gauche et d'avant en arrière, jusqu'à ce que la pointe se brise et reste fichée dans mon corps. Si le démon qui me fait souffrir ainsi est à l'intérieur de mon corps, on pourrait croire que c'est un enfant, à cause de ses mouvements gauches et enfantins. C'est pourquoi je ne peux supporter longtemps cette douleur. Je ne l'assimile pas à moi-même, je ne peux pas dire non plus qu'elle m'assaille de l'extérieur. Quelque chose de ténu ravage mon corps, quelque chose d'impossible à endurer patiemment en serrant les dents. Les larmes jaillissent involontairement de mes yeux, la morve et la bave se mettent à couler de mon nez et de ma bouche, je pleure comme un bébé, je ne peux pas faire autrement. En même temps, il me semble que je suis encerclé par une foule ricanante qui se moque de moi.

Elena roulait toujours, elle avait entrouvert la fenêtre. La pluie s'est arrêtée dès qu'on a quitté le New Jersey, le soleil a percé entre les nuages. Le vent qui pénétrait par la vitre entrouverte apportait jusqu'à moi le parfum léger d'Elena. Ce n'était pas un parfum d'eau de toilette, mais des effluves légers de maquillage, de savon ou de shampooing matinal.

Il me semblait que cette senteur propre et douce me protégeait. Cette idée m'a un peu délivré de ma peur de souffrir et de mon sentiment d'impuissance, lié à la sensation d'être l'objet de la moquerie générale.

100, 93, 86… 100, 93, 86… 100, 93, 86… J'ai fini par m'endormir en comptant. Un sommeil terriblement léger, mais cela faisait longtemps que je ne m'étais pas endormi comme ça dans la journée. Ces derniers mois, à l'hospice, j'étais vraiment incapable de faire la sieste. Peut-être que les douces vibrations du minibus qui roulait ont été une stimulation bénéfique.

Quand j'ai vu l'énorme panneau indiquant la Virginie, représentant une femme allongée en train de fumer une cigarette, un frisson glacé m'a enveloppé. J'avais perdu toute sensation dans les pieds et dans les mains, et j'avais l'impression que mon cœur s'était mué en pierre. Une sueur froide à l'odeur désagréable s'est mise à couler de mes tempes, de ma poitrine et de mon bas-ventre.

— Elena, Elena, je me sens très mal !

— J'ai compris, a dit Elena, on va s'arrêter, je vais chercher un hôtel.

Le soleil déclinait vers l'ouest, et Elena portait sans arrêt la bouteille d'eau minérale à sa bouche. Elle était fatiguée, elle aussi.

Virginia Beach. Une rangée d'hôtels sur le front de mer.

On nous a refusé trois fois des chambres. Même si on avait eu une réservation, ils auraient refusé, disaient-ils en exhibant le règlement de l'hôtel.

« Bienvenue à Virginia Beach, lieu de villégiature mondial. »

Le portier ouvre la porte à Elena avec un sourire épanoui.

— Mon ami est gravement malade, il a besoin d'aide pour marcher, dit Elena d'une voix blanche.

— Pas de problème, miss, ne vous inquiétez pas. Ici vous êtes en Virginie, pays du sourire et de l'amitié.

Le portier a un grand rire forcé qui fait trembler les branches de palmiers. Elena s'avance vers la réception. Le portier et le groom font glisser la portière arrière du minibus, et me regardent, en murmurant tous deux en même temps :

— Qu'est-ce que c'est que ça ?

Pendant ce temps, le réceptionniste explique à Elena :

— … Ce n'est pas de la discrimination envers les sidéens, croyez-le bien, mais votre compagnon semble dans un état très grave. Si vous aviez réservé plusieurs jours à l'avance nous aurions pu prendre les mesures nécessaires mais d'après notre règlement, quand nous jugeons que l'état d'un client peut porter préjudice à l'établissement ou à la clientèle, nous avons le droit de refuser.

Elena ne peut répondre.

— Souhaitez-vous voir le règlement de l'hôtel ?

Elena secoue la tête, *no thank you*, et sort de l'hôtel.

Finalement, nous sommes descendus du bus ensemble, Elena et moi, devant un hôtel bon marché un peu à l'écart de la rangée d'hôtels du littoral. Le H de l'enseigne au néon annonçant *HOTEL* était en panne. Nous avons fait quelques pas en direction du manager, un type obèse, pour montrer que j'étais en bonne santé. Tout le monde sait qu'il ne faut pas se montrer raciste vis-à-vis des malades du sida, cela figure en toutes lettres dans la loi de chaque Etat. Pourtant, surtout dans les endroits où le sida n'est pas trop fréquent, on rencontre souvent de la discrimination. Le sida, c'est une maladie, au même titre qu'une maladie de cœur ou qu'un cancer. Est-ce qu'on refuserait une chambre d'hôtel à un malade du cœur, sous le prétexte qu'il pourrait « porter préjudice à la clientèle » ? Les cancéreux, est-ce qu'on leur refuse des chambres ? « Je ne suis pas raciste, mais… » ce sont toujours les racistes qui disent ça.

— Comprenez bien, ce n'est pas de la discrimination, a dit le gros manager, planté devant Elena et moi.

— Nous avons même un employé séropositif, alors vous voyez. Mais monsieur est dans un état très grave, la clientèle peut annuler des réservations, ça nous est déjà arrivé, je suis vraiment navré, mais écoutez, je vous le demande comme une faveur, choisissez un autre hôtel que le mien, a-t-il continué en regardant le sarcome de Kaposi sur ma figure et mon cou. Il était sans doute persuadé que les malades en phase terminale laissaient traîner sur leur passage des déjections grouillantes de virus. L'augmentation explosive des cas de sida est soutenue par la discrimination. Si le sida s'étend, c'est parce qu'il y a des gens qui ne savent pas qu'ils sont séropositifs, et des gens qui refusent de se sentir concernés, simplement par peur de la discrimination.

— Mais… a fait Elena. Elena ne parle pas très bien anglais, et elle est épuisée, mais elle voulait quand même dire quelque chose pour protester.

— Ecoutez c'est *mon* hôtel, et ce ne sont pas les clients qui décident.

Inutile de répondre quoi que ce soit à un type qui vous parle comme ça. Moi, tout ce que j'aurais pu faire c'était l'injurier en espagnol, mais au lieu de ça, je suis resté debout à grelotter dans le froid.

Quelques clients avaient observé notre altercation. Certains s'arrêtaient pour voir ce qui se passait, puis, en entendant les mots « sida, séropositif », ils s'éloignaient aussitôt.

— C'est dommage pour vous, mais vous êtes dans votre tort.

Parmi les gens qui regardaient la scène, un vieillard au teint rougeaud, en nœud papillon a soudain élevé la voix.

— D'après l'article 51.5 de la loi de l'Etat de Virginie, il est interdit de refuser une chambre, dans un hôtel, une auberge ou tout autre logement public à une personne sous le prétexte qu'elle pourrait porter préjudice à l'établissement ou au reste de la clientèle, et cette clause inclut également les malades du sida.

— Qui êtes-vous, vous ? a fait le manager en agitant son cigare et se tournant vers le vieillard rougeaud pour le toiser d'un œil en colère.

— Un client de passage, je suis un avocat en retraite.

A côté du vieillard, une femme vêtue d'une robe bon marché, qui semblait être sa femme, observait les interlocuteurs d'un air inquiet. C'était une vieille femme à l'air réservé et un peu triste. Chez les avocats aussi, il y a plein de gens différents. Je suis arrivé à la retraite en faisant du travail de sous-fifre, en cherchant, rangeant ou photocopiant des dossiers pour le compte d'autres avocats plus haut placés que moi, semblait dire son visage congestionné.

— Mêlez-vous de vos affaires, c'est pour vous autant que pour les autres clients que je fais ça.

— Je comprends ce que vous ressentez. Moi non plus je n'aimerais pas inviter quelqu'un comme ça chez moi. Mais la loi c'est la loi.

— Facile à dire.

C'est la phrase suivante de l'avocat qui a fait se décider l'hôtelier :

— Mais vous savez, s'il y a un procès, vous le perdrez et vous serez obligé de payer un paquet d'argent.

Elena et moi avons été conduits jusqu'à notre chambre, située dans une section en réfection, tout au fond du rez-de-chaussée. Le couloir était en réparation, et dans la chambre d'Elena comme dans la mienne, le papier mural et le tapis étaient tout déchirés. Je me suis mis au lit, et Elena a refermé la fenêtre qu'elle avait entrouverte de dix centimètres à peine, puis elle a commencé les préparatifs de ma perfusion. Ma chambre donnait directement, au-delà du couloir, sur le parking de dehors, dans un coin il y avait une piscine ridiculement petite encadrée de saules. La piscine était également en réfection, dans le fond et sur les bords, le béton était tout arraché, de l'eau stagnait dans les interstices, des feuilles de saule pourrissaient dans ces flaques, répandant une odeur pestilentielle. C'est pour ça qu'Elena avait refermé la fenêtre.

Elle a introduit l'aiguille dans mon bras. J'aime bien le goutte-à-goutte parce que ça me soulage, mais à force de m'y prêter tous les jours je finis par avoir l'impression que le matériel à perfusion fait partie intégrante de mon corps. Le support de métal ce sont mes os, la poche en vinyle emplie de sérum est mon estomac, mon foie, mes viscères, le tube et l'aiguille mes vaisseaux sanguins. Quand le liquide pénètre dans mes veines, mon corps se relâche lentement, et je me mets à somnoler. Les nutriments liquides injectés sont utilisés par mon corps mais ils stimulent également la circulation de mon sang, restaurent momentanément mon énergie et ont un effet apaisant. Je l'ignorais comme tout le monde jusqu'à ma maladie, mais il paraît que même pour faire un somme paisible, il faut de l'énergie. J'ai utilisé l'assoupissement provoqué par le bien-être pour mettre en scène un rêve. Je suis dans une classe de ballet, juste à côté de moi, dame Margot Fonteyn s'entraîne à la barre. Sur son visage nu, sans maquillage, les pattes d'oie ressortent au coin des paupières. Mais elle est parfaitement belle, ces rides ne posent pas le moindre problème. Après l'entraînement, pendant qu'on range les barres, elle parle avec moi. Comme elle a épousé un haut fonctionnaire panaméen, elle parle aussi l'espagnol. Une voix m'appelle : José, José ! et je sens que je vais me réveiller, ce n'est pas la voix de Margot Fonteyn, mon rêve va s'interrompre, dans la réalité j'ai dû avoir d'innombrables conversations avec Margot Fonteyn, pourtant, je n'arrive pas à me rappeler sa véritable voix. José, José ! A nouveau quelqu'un m'appelle de l'extérieur de mon rêve, je me demande si j'ai les yeux ouverts ou fermés. Une petite fille court sur le sable blanc, à la poursuite d'un ballon jaune, une plage d'une longueur infinie, dont l'extrémité se confond avec le ciel, le vent pousse le ballon jaune en sens inverse de la mer, vers les forêts de palétuviers, la petite fille aux cheveux noirs porte un maillot de bain rose vaporeux, une voix la prévient : Elena Elena, tu vas te blesser à courir comme ça, si tu tombes, Miami Beach est plein de petits cailloux pointus, c'est de l'espagnol, les mots se mêlent au bruit du vent et de la marée, il y a un Esquimau dessiné sur le ballon, je l'ai acheté chez le marchand de glaces ce ballon, une bande de garçons rencontrée sur la plage m'a embêté et le ballon m'a échappé des mains, je suis resté sur place à pleurer sans rien faire, alors Elena est partie à la poursuite du ballon, elle a ces longues jambes que seules possèdent les Cubaines, avec des muscles puissants couverts de peau douce, j'ai tendu la main en criant Elena ! et j'ai vu sous mes yeux un visage d'Asiatique. C'est elle qui m'appelle. José ! Je ne sais pas si je suis toujours en train de rêver ou si c'est la réalité. Je n'ai pas la moindre idée de qui est cette fille.

— José, j'ai vu un bar à côté de la réception, je vais aller dîner là, je reviens tout de suite, a-t-elle dit.

J'étais à la lisière du sommeil et du réveil, je n'ai même pas pu hocher la tête.

IX

DELAWARE

— Le futur est déjà là, maintenant, entre tes mains.

Delaware, on m'a toujours appelée comme ça, aussi loin que je me souvienne. Je ne me pose pas trop de questions au sujet de mon nom. Je n'ai même jamais essayé de savoir si j'étais une descendante de la tribu des Delaware qui vivait sur de petites parcelles agricoles dans le bassin de la White River.

A l'époque où on ne disait pas *native american* mais *indian*, on m'avait surnommée Yarwood, parce que j'avais épousé un homme qui portait ce nom. Après la mort de Yarwood, j'ai abandonné ce nom et suis venue m'installer ici, en Virginie.

En Caroline du Nord aussi j'habitais une cabane à côté de la rivière. Je suis arrivée en Virginie en bus, j'ai trouvé une belle rivière, j'ai marché tout le long, jusqu'à ce que je trouve cette terre, où je vis maintenant. J'ai demandé au propriétaire de la terre si je pouvais construire une cabane, à peine plus grande qu'une écurie pour des poulains, pour y habiter. Et j'ai ajouté que s'il acceptait, je prierais pour le bonheur de sa famille. Le propriétaire avait des problèmes avec l'herbe de son terrain.

— Rien qu'en regardant, vous verrez de quoi il retourne, mais j'ai planté une pelouse spéciale le long du chemin qui mène à la maison, si on la laisse pousser sans la couper jusqu'à environ six pouces de hauteur, cela fait un joli chemin tout vert et ondoyant, mais j'ai beau essayer ça ne marche pas, j'ai beau lâcher le chien pour que personne n'aille mettre les pieds dessus, l'herbe n'est jamais assez vivace et elle retombe lamentablement par terre, je voulais faire un beau chemin vert pour le mariage de ma fille au mois de mai, mais l'année dernière ça n'a pas marché, et je ne sais plus comment m'y prendre, c'est à s'arracher les cheveux ! Je voudrais tellement avoir ce beau chemin vert pour accompagner ma fille le jour où elle quittera la maison.

C'était quelqu'un de bien, et je lui ai expliqué comment faire.

— Jusqu'à deux mois avant le mariage, ne laissez personne marcher dessus, ni les gens, ni le chien, d'ici le 10 mai l'herbe aura poussé jusqu'à une belle hauteur, mais surtout, après le 3 mars ne laissez pas âme qui vive marcher dessus.

Il a eu son magnifique chemin de verdure, et moi j'ai eu l'autorisation de construire ma cabane au bord de la rivière.

Cela fait huit ans que je vis dans cette cabane. Je l'ai améliorée petit à petit avec des matériaux de récupération, dans la rivière je pêche des truites et des *catfish*, dans la forêt, je cueille des airelles, je ramasse des *sugar potatoes*, et de la lune pleine jusqu'à son dernier quartier, je dis le futur aux quelques personnes qui me rendent visite, et cela me permet d'acheter mon pain, mon lait et mon tabac. Il y a deux ans, je me suis procuré le plus petit modèle d'ordinateur Macintosh, pour entrer en communication avec les anciens chamans qui vivent encore çà et là en Alaska. Les anciens possèdent un réseau différent d'*Internet* et de *e.mail*, qui peut se brancher sur tous les ordinateurs. Selon la façon dont il est connecté, un réseau de lignes peut s'étendre à l'infini, et même recevoir des signaux du futur. Les signaux du futur ne sont pas des messages d'âmes d'animaux ou d'êtres humains déjà morts. D'après les explications des anciens, il s'agit d'une ligne directionnelle d'informations qu'émettent les réseaux installés sur la Terre.

Les gens qui viennent me poser des questions sur le futur ont tous la même angoisse. Ils veulent savoir si, avec le temps, la rivière et la forêt ne vont pas devenir si polluées qu'ils les perdront, autrement dit, qu'ils ne pourront plus aller cueillir des airelles ni pêcher des *catfish*. Il est difficile de parler du futur à ces gens. Le futur, c'est perdre ce qu'on possède maintenant, et voir naître quelque chose qu'on ne possède pas encore.

J'ai rencontré au bar *Chez Thomson* une fille étonnante à qui j'ai pu faire ressentir directement le futur. On entendait une de ces chansons monotones de Blancs, l'atmosphère était complètement enfumée, quelques clients étaient absorbés dans ce jeu solitaire qui consiste à pousser une balle dure de la pointe d'un long bâton, d'autres buvaient de la bière en évoquant le passé avec nostalgie, bref, l'ambiance qui régnait dans ce bar n'avait pas dû changer depuis l'époque où on parcourait la prairie à la poursuite des bisons et des chevaux. C'est à ce moment-là qu'elle est entrée. Comme un papillon aux ailes si légères qu'elles lui permettraient de voler n'importe où, comme une fée possédant le don d'apparaître dans les circonstances qui lui plaisent, n'importe où et n'importe quand, comme un esprit enchanté, c'est comme ça qu'elle est entrée.

— Vous avez quelque chose à manger ? a-t-elle demandé au barman. Il a secoué la tête et répondu :

— Seulement des chips.

— Y a-t-il un restaurant près d'ici ?

Le barman a regardé sa montre et secoué la tête à nouveau.

— Il y a un fast-food au bout de la rue, mais à cette heure-ci, il est fermé.

Je me suis adressée à la petite fée :

— *Excuse me, young lady,* j'habite tout près d'ici, et je peux vous faire un sandwich et une soupe chaude, le tout évidemment pour bien moins cher que dans n'importe quel restaurant.

Je lui ai demandé le même prix qu'à tout le monde : cinq dollars pour la nourriture, cinq autres pour prédire le futur.

— C'était très bon, a-t-elle dit après avoir mangé le sandwich sans en laisser une miette et bu la soupe jusqu'à la dernière goutte.

La lumière pâle de la lune pénétrait par la fenêtre de ma cabane, on entendait vaciller la cime des arbres et les feuilles bruisser sous le vent venu de la rivière. Les autres ne semblent pas le savoir, mais la lumière de l'écran du *PowerBook* Macintosh ressemble à la lumière de la lune, et le bruit des doigts sur le clavier ressemble au bruissement des feuilles et aux craquements des branches dans le vent.

— Dis-moi ton nom.

— Kyoko, K. Y. O. K. O.

— Date de naissance ?

— 1er décembre 1974.

— *Japan ?*

— *Yes*, Yokohama… Qu'est-ce que c'est ? a ajouté la petite fée en regardant l'écran du *PowerBook*. Il s'y alignait une série de signes indéchiffrables pour elle.

— Un ancien de la tribu des Inuits en Alaska est en train de me parler.

— Qu'est-ce qu'il dit ?

— Il dit que le futur est déjà là, entre tes mains.

— Déjà ?

— Oui, déjà.

Elle a souri d'un air heureux. Pourtant elle ne savait pas encore qu'elle était en route vers le futur.

Elle ignorait que le futur, c'est perdre ce qu'on a maintenant, et voir naître quelque chose que l'on n'a pas encore.

X

ANGEL STEVENS

— En tout cas, tu n'es pas une Blanche, le Latino là-derrière, le sida l'a joliment arrangé, et quand je pense à ce qui peut nous arriver si on se fait pincer par la police de Géorgie, j'en ai la chair de poule, ah, regarde derrière, trop tard !

Au début, je me suis vraiment demandé d'où elle sortait. C'est qu'elle transportait un type atteint du sida, dans un état plutôt grave, et en plus c'était un de ces pédés latinos comme on n'en voit pas beaucoup par ici dans le sud, et puis il l'appelait Elena, et moi je n'avais jamais vu de Japonaise de ma vie ! A Watersboro, là où j'ai été élevé, il n'y a pas de *sushibar*, ni de *teriyaki restaurant*, à Atlanta c'est peut-être différent, mais pour un gamin noir de la campagne géorgienne comme moi, un Japonais, c'est un animal encore plus exotique qu'un panda ou un koala. C'est pour ça que je me demandais de quel pays elle venait, mais en tout cas elle était jolie et quand elle se mettait en colère, ça faisait peur. C'est peut-être justement parce qu'elle était jolie que ça faisait peur, d'ailleurs.

Ça s'est passé pendant mon voyage. Enfin, quand je dis voyage, je parle de voyage à la portée d'un gamin noir de douze ans. J'avais l'intention d'aller en stop jusqu'au camp d'entraînement de l'armée en Caroline du Nord. C'est un centre d'éducation de l'armée de terre, et parmi les endroits officiellement reconnus aux Etats-Unis, celui où l'on peut apprendre le plus jeune le maniement des M16 ou des Kalachnikov. On peut y entrer à partir de seize ans, donc j'ai encore quatre ans à attendre mais comme à Watersboro il n'y a aucune distraction à part fumer de l'herbe ou boire de la bière ou écouter le dernier rap au coin d'une rue ou dans un motel bon marché, et que, à la base, je suis toujours désœuvré, je me suis dit que ce serait une bonne idée d'aller voir là-bas, juste pour me rendre compte à quoi ressemblaient le terrain d'entraînement et les logements.

Je ne sais pas si c'est parce qu'on m'a donné un prénom aussi mignon, Angel, mais je suis un peu petit pour mes douze ans. Shaquille O'Neal des Magics mesurait déjà un mètre quatre-vingt-dix à treize ans. Bon, O'Neal, c'est un cas spécial, d'accord, mais tous mes copains sont plus grands que moi. Jude, Morgan, Griffith, ils font tous entre dix et trente centimètres de plus que moi. En plus, j'ai la figure ronde, de longs cils et des yeux ronds qui me font paraître encore plus bébé, parfois c'est pratique, mais le désavantage c'est que quand je suis avec des copains, ceux qui ne me connaissent pas ont tendance à me regarder de haut, et puis c'est un handicap décisif quand on veut vivre en guerrier de ne pas faire le poids dans les bagarres.

Mais ce qu'il y a, c'est que je suis intelligent. Mon père qui travaille à la station-service de Watersboro, ma mère qui est femme de ménage dans un motel, mes trois frères aînés, mes deux sœurs aînées et ma sœur cadette, ce sont tous des crétins, c'est bizarre que je sois le seul intelligent dans la famille, mais j'ai toujours été dégourdi, depuis tout petit. Tout ce que je t'ai donné à manger t'est allé droit dans le cerveau, me dit toujours ma mère. C'est sûr que Jude par exemple il est très grand mais il est déjà allé deux fois en maison de correction, Morgan et Griffith aussi ont déjà été arrêtés pour cambriolage et pour viol, et moi j'ai fait pas mal de bêtises mais je suis *clean*, mon casier est vierge. Autrement dit, le nom d'Angel Stevens ne figure nulle part sur les ordinateurs de la police. Et ça c'est quelque chose. Ça fait une grande différence dans l'accueil qu'on reçoit quand on va s'engager dans l'armée, et une fois qu'on y est aussi.

Watersboro c'est un vrai trou, alors c'est difficile de se rendre compte, mais prenez n'importe quelle ville de Géorgie et entrez dans un magasin de disques pour voir. Quatre-vingt-dix pour cent des CD qu'ils vendent c'est de la *country music*. Les étagères murales sont couvertes de CD de chanteurs de *country and western* complètement inconnus. Il n'y a pratiquement pas de musique noire. Les gospels ou ce genre de trucs on peut encore en trouver, mais pour le rap, zéro. Je suis sûr que les Blacks de New York trouveraient ça incroyable, s'ils savaient qu'ici il n'y a même pas un CD des grands noms comme Public Enemy ou A Tribe called Quest.

Alors, dites-moi un peu quel but peuvent avoir de jeunes délinquants noirs élevés dans un endroit pareil ? L'armée, et rien d'autre. On vous y apprend à vous servir d'un fusil et d'un revolver, sans compter les arts martiaux, le karaté, conduire des Jeep, des camions, et même des chars si on se débrouille bien. On vous donne une éducation qui fait de vous un guerrier magnifique, et tout ça gratuit, logé nourri. J'ai beau lire le journal attentivement, depuis le Koweit, il n'y a pas eu une seule guerre où l'armée de terre ait été envoyée.

Donc, j'essayais d'aller jusqu'en Caroline du Nord en faisant du stop, mais à mi-chemin, un camionneur pédé a essayé de me sauter dessus et à partir de ce moment-là, la chance m'a lâché. Je suis arrivé jusqu'à la dernière ville avant le camp d'entraînement, mais là, dans la rue principale, je me suis aperçu qu'il n'y avait pas le moindre Black dans toute la ville, et j'ai senti comme un danger, alors j'ai été obligé de rebrousser chemin.

Vous allez voir, je vais piquer un M16 et vous le ramener, j'ai dit à Morgan et à Griffith avant de partir, alors, comme je ne voulais pas rentrer les mains vides, je me suis mis à chercher une voiture transportant un malade dans le parking d'une aire de repos sur l'autoroute. Je pense qu'en observant attentivement, n'importe qui peut s'en rendre compte, mais aux Etats-Unis, il y a vraiment beaucoup de malades. Et ils aiment les médicaments. J'ai vu un tas de fois le film *Drugstore Cow-boy*, et l'aînée de mes sœurs a même vraiment travaillé dans un drugstore, et je connais bien les médicaments qui contiennent de la marijuana ou de la morphine. Les malades riches partent pour Hawaii en voiture avec une quantité de médicaments. Les pilules Marinor qui contiennent de l'extrait de marijuana sont très à la mode en ce moment pour soigner le sida, le cancer, les maladies nerveuses, la maladie d'Alzheimer, et toutes les maladies de vieux en général, si j'en trouvais, je pourrais les revendre assez cher, même en route, et puis chez ces idiots de Blancs, il y a une forte demande de méthadone, mébéridine, codéine, endorphine, Reborfanol, si je trouve de la morphine ou de la dihydromorphine, je n'aurai qu'à briser le pare-brise, je crois que ça vaut le coup de voler ce genre de trucs.

L'aire où j'avais décidé d'opérer était comme tous les *rest stop* d'autoroute, un vaste espace avec une vue étendue, pas l'idéal pour faire un casse. Mais les voleurs qui laissent tomber parce que l'endroit ne s'y prête pas ne sont pas faits pour ce métier. C'est peut-être la même chose pendant la guerre, mais quand les circonstances sont défavorables, il faut bien tout observer autour de soi. Si c'est un couple, vérifier si c'est l'homme ou la femme qui est dans la chaise roulante, s'assurer que la plaque d'immatriculation vient d'un Etat assez lointain, mais évidemment on ne voit pas beaucoup de gens comme ça qui voyagent. Un minibus rouge avec une plaque new-yorkaise est entré dans le parking, une fille aux cheveux noirs au volant. Je l'ai prise pour une Chinoise. Parce que les Chinois, ils roulent souvent en minibus. Seulement, eux, c'est des poulets ou du linge qu'ils transportent, et cette fille, elle transportait un type.

Un Latino. Même de loin, on voyait qu'il était dans un sale état, quand le minibus a été garé, la fille l'a aidé à descendre et l'a soutenu pour aller aux toilettes, au retour aussi, c'est elle qui le soutenait pour marcher. S'ils venaient de New York, ça faisait un long voyage, il y avait des chances pour qu'ils aient une cargaison de médicaments avec eux. Je me suis approché du minibus d'un air candide, genre le petit Black qui vient cueillir du trèfle dans le coin. Entre le parking et le bâtiment où se trouvaient les toilettes et un magasin de souvenirs, il y avait un coin de verdure avec des tables, un sentier dallé de pierres, des bancs et un parterre de fleurs. Je voulais observer l'ennemi en faisant semblant de m'amuser dans l'herbe, mais comme c'était plein d'insectes, j'ai fait demi-tour aussi sec. Un nuage de taons s'est envolé de l'herbe, je n'y voyais plus rien, ils sont venus me piquer le visage et la nuque. Moi, je suis un bon voleur mais je déteste les insectes. En moins de deux j'avais au moins une douzaine de piqûres dans le cou, et au moment où je commençais à paniquer, la fille a laissé le type tout seul et s'est éloignée du bus. En plus le type restait là dans le bus, les yeux fermés, l'air extatique, la porte coulissante ouverte.

Juste avant qu'elle s'éloigne, je l'avais entendu dire à la fille un truc débile, du style : laisse la portière ouverte, le vent est si agréable. Quel crétin, ce type ! C'était comme s'il appelait tous les voyous du coin à la cantonade : hé, allez-y, les gars, venez piquer de la dope ! Après avoir vérifié que la fille était bien entrée dans le bâtiment, je me suis approché du bus en sifflotant. Plus je le voyais de près, plus je lui trouvais l'air abruti à ce type. C'était un pédé, et avec son costume bon marché en étoffe mince, il avait une allure à figurer sur un avis de recherches diffusé aux informations par une télé d'Amérique centrale, pourtant, il avait un air bizarrement ahuri, alors qu'à la télé ou au cinéma les gangsters d'Amérique centrale ont généralement des traits taillés à la serpe et un regard cruel. Comment dire, lui, il avait l'air d'un chef de clan idiot, d'un prince attardé mental.

Un lit était aménagé à l'intérieur du minibus rouge, et il y avait tout le nécessaire, du matériel à perfusion, des liasses de journaux, et même une bouilloire et un ventilateur, on aurait dit un bateau de réfugiés. L'idiot s'est allongé et s'est mis à respirer régulièrement, il devait s'être endormi. Je me suis approché encore plus près et j'ai compris que ce crétin était en phase terminale de sida. Dans le quartier noir de Watersboro il y a plein de malades du sida. Ceux qui vont mourir dans deux ou trois jours dégagent une odeur spéciale. Ça ressemble à l'odeur confinée du métro.

J'ai trouvé ce que je cherchais : une incroyable quantité de drogues enfermées comme des joyaux dans des récipients de plastique hermétiquement fermés, eux-mêmes entassés en vrac, à mon grand étonnement, dans une boîte en carton sans couvercle. Il fallait que je mette mon plan d'attaque, préparé en moins d'une minute, à exécution avant le retour de la fille. C'était d'une simplicité enfantine. Un plan d'attaque doit toujours être hypersimple. D'abord, bien observer la boîte en carton par la vitre du côté opposé, pour déterminer quels récipients je devais voler. Ensuite, m'approcher de la portière coulissante entrouverte, mettre le pied sur le marchepied, attraper les boîtes que je voulais et m'enfuir en courant. Je devrais enjamber l'idiot, mais d'après ce que j'avais constaté en le regardant aller aux toilettes tout à l'heure, il ne pouvait se déplacer que très lentement, donc ça irait. Seulement j'avais fait une erreur : je n'avais pas enregistré dans mes données la canne bizarre qui l'aidait à se déplacer.

Suivant mon plan, j'ai mis le pied gauche sur le marchepied, me suis allongé pour attraper le récipient hermétique contenant les médicaments à base de morphine, ce que j'ai fait en une demi-seconde, sans me soucier de l'idiot qui avait l'air complètement stupéfait de me voir là, ensuite j'ai essayé de prendre le large. Mais au moment où j'allais bondir hors du bus, la canne est passée en coup de vent sous mes yeux et m'a attrapé par le cou comme un lasso. Cette canne à la forme bizarrement recourbée m'a intercepté au moment où j'allais sauter dehors, ça m'a donné un coup dans le gosier qui m'a fait complètement suffoquer, j'ai failli m'étaler de tout mon long sur place. Mais comme la canne me retenait, je me suis seulement tapé les fesses sur le marchepied et une violente douleur au coccyx m'a fait reprendre mes esprits. J'ai lâché la boîte de morphine, et me suis débattu en me disant, c'est raté, maintenant il faut que je me tire, mais le débile s'était redressé en haletant et essayait de m'étrangler en tenant fermement les deux bouts de la canne et la serrant toujours contre mon cou. Il avait à peine la force d'un bébé à qui auraient poussé deux grandes mains, mais il tenait la canne, et comme il avait décidé de ne plus me lâcher le cou, ça suffisait amplement.

Salaud, je vais te tuer, salaud, je vais te tuer, grommelait ce débile en soufflant une haleine pestilentielle, et là, je me suis mis à avoir vraiment la trouille. Ça me paraissait bien un peu dangereux pour moi vu les circonstances, mais je me suis dit qu'il fallait quand même appeler à l'aide. Seulement comme la canne m'appuyait sur l'œsophage, impossible d'émettre un son. J'ai introduit de force un doigt entre ma gorge et la canne, pour éviter d'avoir la pomme d'Adam écrabouillée. J'étais sur le point de faire dans ma culotte en me disant que c'était fini pour moi, j'étais fichu, *out*, sauf si quelqu'un passait par là et croyait par erreur qu'un fou furieux atteint du sida agressait un brave petit Black. Et juste à ce moment-là, la fille a réapparu.

Elle avait deux chapeaux de cow-boy à la main. Ça faisait une scène complètement surréaliste, cette jolie Chinoise avec ces chapeaux de cow-boy achetés au magasin de souvenirs et le sidéen latino sur le point de claquer, qui bavait en grommelant : je vais te tuer ! Mais le moment se prêtait mal à ce genre de réflexions. Il n'y avait personne d'autre en vue.

— José, qu'est-ce qui se passe ? elle a crié.

— Il a essayé de me faucher mes médicaments, ce sale petit vaurien ! a répondu le débile prénommé

José, après quoi il a lâché une bordée d'injures en espagnol, et je n'ai pas compris un traître mot.

— Lâche-le, José, tu ne vois pas que c'est un enfant ? a encore crié la fille. D'après son anglais, elle ne devait pas être en Amérique depuis longtemps.

— Un enfant ? Sans blague ! Il profite de son air innocent pour faire ses sales coups, oui !

Bien vu, j'ai pensé. Le Latino, lui au moins, il connaissait bien les Etats-Unis, ça se voyait aussi à son anglais. Je connais au moins trois gosses de onze ans qui se sont fait arrêter pour meurtre. Ce n'étaient pourtant pas des assassins de naissance, mais ça c'est une autre histoire.

— José !

La fille s'est mise entre le débile et moi et lui a arraché la canne. Il avait moins de force qu'un bébé, ça n'a pas dû être trop difficile. J'étais libre, je pouvais m'enfuir, mais quand la fille a tiré la canne, la poignée recourbée m'a frappé à la tempe, et je suis tombé par terre sur le derrière. J'avais encore mal au gosier, et maintenant à la tempe aussi.

— José, ça va ? a demandé la fille, et l'autre crétin a répondu, exactement comme un gamin capricieux : non, ça ne va pas du tout. Comme j'étais étendu par terre, je ne voyais pas bien la tête qu'il faisait, ce débile, mais il avait une voix larmoyante, comme s'il pleurait vraiment. La fille l'a aidé à se recoucher, genre « c'est fini, c'est fini, ça va aller maintenant ». Puis elle a commencé à ramasser les médicaments éparpillés par terre. Qu'est-ce que c'est que ces deux frappés ? je me suis dit. Ou plutôt c'est sur la fille que je me posais des questions. Je n'avais jamais vu de fille de ce genre, ni à Watersboro, ça va sans dire, ni dans aucune autre ville de Géorgie, ni même à la télé ou dans un film. Même en tenant compte de toutes les races, on peut diviser les filles qu'on trouve en Amérique en deux catégories : les idiotes en bonne santé, et les intellos fatiguées. Cette fille que l'autre crétin appelait Elena n'entrait dans aucune de ces deux classes. En plus, son jean rouge lui allait superbien. Elle avait beau être asiatique, elle avait des jambes aussi longues qu'une Black.

— Hé, où vous allez ? je lui ai demandé en me relevant. J'avais l'intention de me faire emmener avec eux.

— Miami, elle m'a répondu d'une voix fâchée, style : quoi, tu es encore là, sale morveux ? Elle continuait à remettre les médicaments dans le carton.

— Vous ne m'emmèneriez pas avec vous ? Je vais jusqu'à Watersboro.

De ce *rest stop* à chez moi, il y avait à peu près trois cents miles, et en route, j'aurais peut-être d'autres occasions de piquer de la morphine. Elena, elle était mignonne, au moins ce n'était pas un pédé. Des camionneurs homosexuels, il y en a de plus en plus, et ça c'est un vrai danger pour un petit Noir aux jolies fesses comme moi.

— Impossible, on est pressés.

C'est bien ce que je m'attendais à entendre comme réponse. Alors j'ai dit :

— Où vous allez dormir ce soir ? Il n'y a pas un seul hôtel où on vous acceptera avec un type dans cet état.

Pas un seul, c'était un peu exagéré, mais ce ne serait pas facile à trouver, c'était sûr. Elena a fait une grimace, comme si elle se rappelait quelque chose de désagréable. Elle n'était pas bête cette fille. Elle n'avait pas l'habitude de l'Amérique, c'est sûr, mais elle n'était pas bête.

— Alors emmenez-moi jusqu'à Watersboro, je connais un bon motel là-bas, n'importe qui peut y dormir, la vieille qui s'occupe de la réception, elle est gâteuse.

Evidemment, je n'ai pas dit que c'était ma mère qui y travaillait.

— Tu mens pour qu'on t'emmène là-bas, hein, c'est ça ?

— Je mens pas, je vous jure, il existe vraiment ce motel.

— Comment il s'appelle ?

Danger ! Prudente, la fille. Elle demande ça doucereusement, l'air de rien, encore un peu et je lâchais le morceau !

— Hé, je vais pas vous le dire, si je le dis, vous n'aurez plus besoin de moi !

— *Clever boy !* elle a dit en claquant la portière. J'ai pensé : Toi aussi, tu es pas mal dans ton genre mais je n'ai rien dit.

Elena conduisait pied au plancher, sans un mot. Elle m'a juste dit une fois en cours de route de mettre ma ceinture. Ça m'a énervé mais j'ai obéi sans protester.

Nous avons passé la frontière de l'Etat de Géorgie. Maintenant, on était sur le territoire de la police géorgienne. Elena, elle ne savait pas que sur les côtés de l'autoroute, ça pullule de voitures de police bleu et blanc, planquées comme des cafards. Une fille asiatique, un Latino et un Black, en plus une jolie fille, un malade du sida et un gamin, c'était comme si on allait exprès au-devant des ennuis. Pour couronner le tout, elle avait mis une cassette de stupide musique latino, volume à fond. Difficile de réunir plus d'éléments susceptibles de nous faire haïr par la police de Géorgie. N'y tenant plus, je lui ai dit :

— *Hey*, ralentis un peu !

— Hm ?

— Ralentis je te dis, la police de Géorgie, c'est des *mother…*

— *Mother ?*

J'ai laissé tomber. Cette fille, elle ne connaissait même pas l'expression *mother fucker* !

— Tu es chinoise ?

— Japonaise.

— Bah, c'est pareil, en tout cas, tu n'es pas une Blanche, le Latino là-derrière, le sida l'a joliment arrangé, et quand je pense à ce qui peut nous arriver si on se fait pincer par la police de Géorgie, j'en ai la chair de poule, ah, regarde derrière, trop tard !

C'était vraiment trop tard. J'avais à peine aperçu, par la petite fenêtre arrière du minibus, la voiture de patrouille bleu et blanc garée dans un tournant de l'autoroute, qu'elle s'approchait déjà à toute vitesse, gyrophare clignotant, soulevant des nuages de poussière.

— Ah ! a fait Elena à voix basse, puis elle m'a regardé d'un air pas rassuré. J'avais envie de lui coller un bon coup de poing sur sa jolie petite joue, en disant : crétine, je t'avais prévenue ! mais ce n'était pas le moment. J'ai commencé par éteindre la musique latino et à la place j'ai mis la FM sur un programme de *country music*. Comme de toute façon, toutes les radios diffusent de la *country* dans le coin, il m'a suffi de tourner le bouton d'un millimètre pour tomber sur une voix nasillarde de chanteur à vous soulever le cœur. Ensuite j'ai attrapé sur le siège arrière les deux chapeaux de cow-boy qu'Elena avait achetés à la boutique de souvenirs et je les ai mis sur nos têtes.

— Qu'est-ce que tu fais ?

— Ecoute, ferme-la et laisse-moi faire.

Ce débile de José avait les yeux fermés et suait comme un phoque, il ne se rendait compte de rien. La voiture de police emplissait maintenant tout le rétro arrière, elle nous faisait des appels de phares répétés.

Elena a garé le minibus sur le bas-côté, devant la voiture de police, et deux policiers se sont approchés par-derrière. Ça, c'est parce que s'ils arrivent pardevant, on peut les tirer comme des lapins.

Ils ont tapé à la vitre.

Permis. Hm, japonaise, hein ? Passeport. Le plus jeune des deux flics s'occupait d'Elena, pendant que le plus âgé observait le crétin allongé à l'arrière. J'aurais bien voulu savoir à quoi ressemblait le plus vieux et quelle tête il faisait en ce moment, mais je n'osais pas tourner la tête pour regarder. C'est toujours le plus vieux qui décide jusqu'à quel point ils vont nous embêter, mais ça dépend aussi beaucoup de notre attitude. Une musique atroce à vous liquéfier cervelle et boyaux résonnait dans tout le bus, et on avait ces chapeaux de cow-boy sur la tête. A la moindre erreur, cette mise en scène pouvait se retourner contre nous. Jusqu'ici j'avais déjà dit un nombre incalculable de mensonges dans ma vie. Même les premiers mots que j'ai dû prononcer bébé devant mes parents, c'était sûrement pour dire un mensonge. Ce qui compte avant tout, quand on doit mentir, ce n'est pas le jeu d'acteur. C'est la concentration. Il faut utiliser toutes ses forces disponibles en vue de ce mensonge. Je me suis déjà livré à toutes sortes de mensonges, mais la seule manière qui marche avec les parents, les profs ou la police, autrement dit les représentants de l'autorité, c'est la manière obséquieuse. Il y a pas mal de façons de lécher les bottes à quelqu'un, mais les plus basses, par exemple multiplier les excuses serviles, ne sont d'aucune efficacité. Il faut lécher les bottes aux autorités de la façon la plus noble, il faut que l'interlocuteur se dise, ce petit Angel, il a de la fierté, il fait de son mieux, il me fait pitié. Il faut que le type en face se dise : ce brave petit Noir, il me fait pitié, quelle vie malheureuse il a, comparé à lui, moi je suis vraiment un sacré veinard. Sans tourner la tête, j'ai jeté un petit coup d'œil de côté pour voir la tête du plus âgé des deux flics. Il avait fini d'observer le débile et s'approchait du siège avant. Concentre-toi, je me suis dit, et j'ai pris une grande inspiration.

— Vous avez un passager malade, là.

Maintenant ! J'ai fait le salut militaire, et je me suis mis à parler tout d'une traite. Naturellement en invoquant l'image de cette armée de terre qui représentait mes espoirs les plus chers.

— *Yes Sir Officer,* je m'appelle Angel Stevens, je vais vous expliquer. Cette demoiselle japonaise et moi nous sommes membres de l'International Youth Foundation for Jesus, nous sommes des bénévoles et nous transportons ce patient atteint du sida de New York à Miami, dont il est originaire.

— Du sida ?

— *Yes Sir !*

Les deux policiers se sont regardés. Après ça, impossible de nous chercher des noises. La chaîne CNN adore prendre la défense des associations de bénévoles. Et plus que tout, la police déteste avoir des ennuis avec la télé.

Gagné ! je me suis dit.

La musique qu'Elena écoutait dans le bus, ce n'était pas de la salsa habituelle. Après notre splendide retraite devant la police géorgienne, elle avait mis la cassette sur autoreverse et l'avait passée au moins dix fois de suite, mais curieusement, je ne m'en lassais pas. Ça ressemblait à du blues, en même temps c'était fondamentalement différent. Ça me faisait un peu penser à ces chants afro-américains, où on n'abandonne jamais le tempo. Le blues et le gospel cherchent à conduire ceux qui les écoutent vers la terre promise, la musique d'Elena, elle, semblait s'envoler droit vers le ciel. C'était très agréable à écouter. Comme si la musique avait des ailes.

On n'était plus qu'à une cinquantaine de miles de Watersboro quand ce crétin de José a eu une crise. Il s'est mis à geindre comme une fillette, en se tenant la taille, et en appelant à l'aide. Elena, Elena, il criait. Il faisait presque peine à voir. Entre ses gémissements il parlait de Mike Tyson ou je ne sais quoi. Tyson restera un des plus grands Noirs de l'histoire, de quel droit est-ce qu'une mauviette à moitié morte comme toi ose prononcer son nom, je me disais, mais à ce moment-là Elena m'a ordonné :

— Frotte-lui un peu le dos.

— Moi ?

— Dépêche-toi ! Mais il ne faut pas appuyer trop fort, doucement, hein.

— Merde, tu veux que moi, je frotte le dos de ce type ?!

Je connais le sida, moi. Je sais bien que ce n'est pas en touchant le dos d'un malade qu'on peut l'attraper. J'ai bien regardé les doigts de mes deux mains. Et si j'avais une écorchure, ou la peau éraflée, et que je touche de l'urine de José ? Bah, même comme ça les risques de contagion étaient minimes, mais non merci, je préférais ne pas risquer d'attraper le sida à cause de ce pauvre débile. Il avait le visage complètement déformé par la douleur. C'est bizarre, je n'arrive pas à avoir pitié de lui. Pas parce qu'on n'est pas de la même race. Mais ce type-là ne vaut vraiment rien. Rien que de le regarder ça me met dans une rage folle. C'est écrit sur sa figure : de sa vie, ce type n'a jamais rien réussi. C'est inscrit profondément, marqué comme un sceau dans chaque ride de son visage grimaçant, mélangé à chaque goutte de sueur qui tombe de sa figure : ce type-là est un perdant. Je me demande bien pourquoi Elena emmène une lavette pareille jusqu'à Miami. Je lui ai frotté le dos en retenant mon envie de vomir, et à ce moment-là je me suis aperçu que le carton de médicaments se trouvait juste sous mon nez.

— Tu t'es très bien débrouillé, merci.

Elena m'a complimenté une fois que je suis revenu sur le siège avant, après m'être acquitté de mon petit massage plein d'amour.

— Il s'est endormi. J'ai le bras ankylosé tellement je l'ai massé, dis donc.

— Bon, maintenant, rends-moi les médicaments que tu as volés.

— J'en ai pris rien qu'un peu, ça va, non ? Je l'ai massé au moins un quart d'heure.

— Pas question. Et ce n'était pas un quart d'heure, à peine six minutes.

— Ce que tu peux être radine.

— Tu sais que ce que tu as volé, c'est de la drogue ?

— Justement, ça peut se revendre cher.

Je ne sais pas pourquoi, c'est bizarre, mais j'avais de la sympathie pour elle. C'était sans doute aussi parce qu'on avait échappé ensemble à la police de Géorgie, ça crée des liens, mais il n'y avait pas que ça. Je ne sais pas comment dire. J'aimais bien son style, et il y avait dans l'expression de son visage quelque chose de sérieux et de cool en même temps. Moi aussi, je suis sérieux et cool en même temps. Je lui ai parlé comme quand j'ai quelque chose à demander à mes potes, mais ça n'a pas marché.

— Elena, explique-moi une chose, ce type, il est fichu, hein, je ne suis qu'un gosse, mais j'ai déjà vu plein de malades du sida, celui-là, vu l'état où il est, il sera bientôt mort, non ?

— Oui, et alors ?

— Alors, une fois à Watersboro, j'écoule la came, et on partage le magot. Je ne vais pas les utiliser moi, c'est pour les revendre, c'est rare, ces trucs-là, et puis si j'en vends un peu, quelle différence ça fait ? Je lui en laisse assez pour tenir jusqu'à sa mort, non ?

Elena s'est fâchée. Elle a mis son clignotant droit, et s'est garée sur le bas-côté.

— Descends de là !

Sans blague. Elle ne sait même pas que c'est interdit de s'arrêter sur le bord de l'autoroute sauf en cas d'urgence.

— Attends, hé, Elena.

Je l'ai suppliée, comme un gamin de douze ans.

— Tu n'as pas le droit de t'arrêter ici, la police va encore se pointer, et moi, si je descends ici, je vais avoir des ennuis.

— Descends !

C'est bizarre, mais en la regardant avec ses yeux brillants de colère, j'ai compris pourquoi je l'aimais bien, Elena. Moi, je suis un gosse de douze ans, et elle, évidemment, elle le sait. Elle ne fait pas ça pour m'embêter, ni pour me faire la morale. En général, avec les adultes, c'est l'un ou l'autre. Parce que la plupart des adultes, ils ont complètement oublié à quel point ils étaient impuissants quand ils étaient mômes. Les adultes qui sont complètement coupés de l'enfant en eux, ils traitent les enfants comme des chiots. Elena, elle m'a dit, descends. En me disant ça, elle ne me traitait pas comme un adulte, et elle ne me traitait pas non plus comme un enfant. Elle me traitait comme un être humain, chez qui l'âge adulte est la continuité de l'enfance. Parce que chez elle aussi, l'adulte était la suite de l'enfant. Et puis, et ça c'est la chose la plus importante, il n'y a que les enfants qui ont grandi en se débrouillant seuls, sans dépendre des adultes, qui ont une personnalité sans coupure comme ça. Elena ce n'était pas un guerrier. Mais c'était une fille qui avait grandi en se débrouillant toute seule, sans dépendre de ses parents ou des adultes.

J'ai dit :

— OK, ça va, j'ai perdu.

Il ne restait plus que dix miles avant Watersboro.

Elle m'a appris quelques mots en japonais. Rien que des grossièretés.

Ordure.

Tu te fous de moi ?

Crève salope.

C'était amusant comme un jeu, mais l'expression de son visage avant qu'on se mette à jouer à ça, me tracassait. On avait déjà roulé une trentaine de minutes depuis que je lui avais rendu ses médicaments. Le soleil était en train de se coucher, une lumière orange éclairait son joli profil. Elle ne disait pas un mot, alors je lui ai demandé :

— Hé, Elena, tu es toujours fâchée ?

Au bout d'un moment, elle m'a répondu d'un air triste un truc qui n'avait rien à voir :

— Elena, ce n'est pas mon vrai nom.

Hein ?

Je n'ai pas compris tout de suite de quoi il retournait, mais j'avais l'impression d'avoir effleuré un secret. Ça devait être un secret triste, qu'un gamin de douze ans ne peut pas comprendre.

Morgan et Griffith m'attendaient au motel. Ils savent que chaque fois que je pars en voyage, au retour, je passe toujours au motel où travaille ma vieille. Pendant que je blaguais avec eux, Elena est allée à la réception, et est revenue vers le minibus en agitant un trousseau de clés d'un air joyeux.

— Tu n'as pas eu de problèmes ?

— Aucun !

— Moi je m'appelle Angel, et toi ?

— Kyoko.

— Kyoko, ah bon, eh bien salut Kyoko.

— *Bye*, Angel.

Nous nous sommes serré la main avant de nous quitter. Je me suis demandé pourquoi elle se faisait appeler Elena si son vrai nom était Kyoko, mais je n'avais pas le temps de lui demander, et puis il vaut mieux ne pas trop se mêler des secrets des autres. Griffith et Morgan ne me lâchaient pas avec leurs questions : Angel, c'était comment ton *trip* ? Ça a l'air bien, l'armée ? C'est vrai qu'il y a un centre de jeux vidéos au camp d'entraînement ? Ouais, c'était pas mal, j'ai répondu un peu au hasard, tout en murmurant plusieurs fois pour moi-même dans ma tête : Kyoko, Kyoko.

Ça sonnait bizarrement, ce nom, Après la leçon d'insultes en japonais, elle m'avait appris le titre de sa cassette de musique : Orquesta Aragón. J'irai faire un tour demain au magasin de disques pour voir s'ils l'ont, mais dans le coin ça m'étonnerait.

INTERMÈDE : KYOKO III

Grace à ce petit Noir appelé Angel, on a pu dormir dans un motel, sans problème cette fois.

Mais l'état de José m'inquiète. Ça n'a pas dû lui faire du bien de se débattre et de crier en luttant avec Angel aujourd'hui.

Il a dormi longtemps. Mais je ne sais pas s'il dort vraiment, ou s'il perd conscience par moments.

Même quand il compte de cent à zéro, il s'arrête de plus en plus souvent à 93. 100, 93, 100, 93, il ne fait que répéter ces deux chiffres.

Pendant que je préparais les médicaments pour le lendemain, José, qui était sous perfusion, m'a appelée. Il m'a demandé de rester à côté de lui, et de lui tenir la main jusqu'à ce qu'il s'endorme.

— J'ai peur de ne plus me réveiller.

— Ça ira, je suis là.

— Où on est ?

— En Géorgie, on arrive à Miami demain.

— Demain ?!

— Oui, demain soir, ou dans la nuit.

José a murmuré à nouveau « Demain ? » et a changé d'expression.

— J'ai oublié quelque chose d'important.
— Quoi donc ?
— Je devais acheter quelque chose pour maman.
— Un cadeau ?
— Oui, un abat-jour.
— Un abat-jour ?
— Oui, elle avait un abat-jour qu'elle aimait beaucoup mais elle n'a pas pu l'emporter de Cuba, les réfugiés tu comprends, ils ne peuvent pas emporter d'objets encombrants même s'ils les adorent. Quand j'étais petit, quand elle parlait de Cuba, elle pleurait toujours en parlant de son abat-jour. Elle l'adorait, cet abat-jour.

José s'est mis à pleurer.

— Quand j'étais petit, je lui disais toujours : maman, quand je serai grand je t'achèterai un abat-jour, promis, alors maman elle me serrait dans ses bras, elle avait l'air si heureuse, mais je ne le lui ai toujours pas acheté, tu comprends, Elena ?
— Oui, je comprends.
— Elena, tu as beaucoup d'argent ?
— Hein ?
— Je crois que ça coûte très cher, il faut un abat-jour de style espagnol, tu comprends, et je n'ai pas d'argent.
— Je comprends, on va trouver un joli abat-jour, c'est d'accord.

José a eu l'air rassuré par ces mots, il a fermé les yeux, et n'a pas tardé à s'endormir, en respirant régulièrement.

Un abat-jour, me suis-je dit. Où est-ce que ça peut se trouver ? Dans un magasin de meubles, ou chez un électricien, peut-être. Ou alors une boutique d'antiquités, ce genre d'endroits ?

XI

JESSICA SILBERMANN

— Je ne savais pas que les Japonais dansaient le mambo, je croyais que tout ce qu'ils faisaient, c'était fabriquer des walkman et des voitures, ou acheter des terrains et des immeubles.

Cette jeune Japonaise est apparue sur le chemin entre les parterres d'azalées menant à ma résidence. Son port de tête, sa façon de marcher, ses gestes, tout en elle était léger et vaporeux, on aurait dit un papillon métamorphosé en être humain, voltigeant parmi les azalées encore en boutons. Nous étions en train de répéter le spectacle de danse pour la prochaine fête, il y avait mon mari, Andy (celui-là, rien à faire, il sera toujours mauvais danseur), Sandy, Ann, Patty, Chris et leurs maris respectifs, les membres habituels du groupe, en somme. Il faisait beau, nous étions dans le patio. La *party* devait avoir lieu le samedi suivant, et cette fois ce n'était pas une des fêtes ordinaires du country-club. L'assemblée générale ordinaire de l'ordre des chirurgiens de Géorgie avait lieu en même temps, et surtout, le vice-président des Etats-Unis en personne devait nous honorer de sa présence. Naturellement tout notre groupe est au parti républicain, mais le mari de Chris et le vice-président étaient camarades de promotion, et le vice-président souhaitait faire une visite privée de ma résidence.

Il est vrai que ma propriété est célèbre : c'est la plantation la plus ancienne aux alentours de Savannah, le grand-père de mon grand-père l'a acquise alors qu'il était préfet. Il y a quinze ans, elle a été reconnue comme appartenant au patrimoine historique national, mais jusque-là, l'entretien du jardin et la réfection nécessitaient des frais considérables. Certaines scènes d'*Autant en emporte le vent* ont été filmées dans ma plantation, voyez-vous. Il y a, paraît-il, mille deux cents acres de terrain, pour la plus grande partie des marais infestés de crocodiles et des forêts où vivent des daims, si bien que concrètement je ne peux pas juger de l'étendue de mes terres. Depuis ma naissance, je ne les ai jamais contemplées dans leur ensemble, je n'ai même jamais vu de crocodile.

Mon mari Andy est un chirurgien réputé pour son habileté mais depuis qu'il est à la retraite, je trouve qu'il manque un peu de caractère. Il est petit de taille et sort d'une obscure faculté de médecine de Boston, il a réussi dans la vie à force d'efforts, c'est un esprit terre à terre, il n'a aucun hobby particulier. Il ne fait pas de sport, ne s'intéresse ni à la pêche ni à la chasse. C'est dommage, s'il avait du goût pour la chasse, il pourrait s'amuser toute l'année sur ses propres terres.

Mais c'est justement ce côté maladroit, et son absence de machisme qui m'ont attirée chez lui. Mon père et mon grand-père étaient des personnages sortis tout droit des films de Hollywood d'il y a une quinzaine d'années, ils ont investi dans des transactions commerciales sûres (je ne m'y connais pas très bien, mais mon grand-père disait toujours que quand on est riche, on ne perd jamais), ils avaient une quinzaine de chiens de chasse, passaient leurs nuits à se soûler, tiraient avec un fusil à la crosse incrustée d'ivoire, avaient toutes sortes d'ennuis avec des femmes outrageusement maquillées qu'ils rencontraient dans des bars, criaient de temps en temps après les domestiques, voilà le genre d'hommes que c'était. J'adorais mon père et mon grand-père, naturellement, mais pour me marier, je préférais choisir un autre type d'homme.

Je n'ai absolument pas à me plaindre d'Andy, puisque c'est sa douceur qui m'a plu au départ, mais ses attitudes ambiguës, jointes au fait qu'il soit un piètre danseur ont tendance à m'énerver de plus en plus. Ceci dit, chaque fois que je me mets en colère et que je crie après lui, je le regrette ensuite.

Ce jour-là aussi, Andy m'a énervée au plus haut point pendant la répétition, et j'étais sur le point de me fâcher.

— Andy, ce qu'il y a, c'est que tu n'as pas envie de danser ! Si tu ne te concentres même pas, comment veux-tu y arriver ? Tu fatigues tout le monde, ça fait au moins trente fois que je te dis de ne pas bouger la main droite et le pied droit en même temps.

Voilà à quoi ressemblait l'ambiance. Il y avait une brise fraîche, mais le soleil printanier tape fort en

Géorgie et ce pauvre Andy avait le nez et le crâne tout rouges, et la sueur lui dégoulinait le long du cou et du front. Les autres couples arboraient une expression ennuyée, du genre : ça y est, les voilà qui recommencent. Andy regardait par terre et attendait que ça passe. Mais quand il a cette attitude, ça m'énerve encore plus.

— Tu te moques de moi ou quoi ? D'abord, c'est toi qui as eu l'idée de faire cette démonstration de mambo à la fête où le vice-président assisterait, hein, Andy, je te rappelle que c'était *ton* idée !

Le pire était arrivé. Intérieurement, je me demande toujours comment je peux le traiter comme ça, mais une fois que j'ai commencé rien ne peut plus m'arrêter. Je me rends compte que j'ai exactement le même caractère que mon père et mon grand-père. Andy n'essaie jamais de discuter avec moi dans ces cas-là, il sait que ça ne ferait qu'envenimer les choses, et que la tempête serait mille fois plus forte. Mais ce jour-là c'était différent. Peut-être Andy avait-il une sorte d'intuition. Une prémonition de la venue d'un sauveur sous la forme de cette mignonne petite Japonaise.

— Tu te trompes Jessica, m'a-t-il dit d'une petite voix de vermisseau.

Je sais que je suis une femme infernale, ça m'irrite quand il se tait et j'ai le sang qui me monte à la tête dès qu'il me répond, même un seul mot, mais je ne peux pas m'en empêcher.

— Je me trompe ? Comment ça, je me trompe ?!

Mon ton avait encore monté, effrayant les petits oiseaux qui avaient fait leurs nids dans les buissons, et plusieurs ont pris leur envol dans un battement d'ailes.

— Ecoute, je ne suis pas fait pour danser le mambo, voilà tout.

Le voilà bien courageux, me suis-je dit en prenant une grande inspiration, et me préparant à exploser. Ça allait être pire qu'un bombardement à l'aveuglette par un B52. A l'instant où je sentais les muscles de mes cordes vocales commencer à vibrer, Andy a détourné le regard, et au bout de son regard, il y avait *elle*.

— Qui êtes-vous ? a demandé Andy et elle a répondu en criant, parce que le volume du haut-parleur installé dans le patio, qui diffusait un air de mambo, était au maximum :

— Excusez-moi de vous déranger mais pourriez-vous m'indiquer l'entrée de l'*Interstate 95* ?

Il paraît que le chemin de terre qui mène à ma propriété passe à proximité de l'entrée de l'autoroute, et il arrive de temps à autre qu'un conducteur égaré venant de Savannah ou de Watersboro se retrouve à l'intérieur de mes terres. Elle portait une chemise à carreaux aux tons discrets et un short en jean. Elle avait noué un bandana autour de sa taille en guise de ceinture, et avait de longues jambes blanches, à me faire soupirer d'envie. Pas la même blancheur que nous. Notre peau à nous (quand on était jeunes, s'entend) ressemblait à du coton, la sienne à de la soie. Tout sourires, Andy lui a expliqué que si elle suivait le chemin de terre jusqu'au bout, elle trouverait une église, et qu'en tournant à gauche à l'église, elle trouverait un panneau lui indiquant la route. A la vue de jambes comme ça, n'importe quel homme devient aimable. Pendant que je me demandais pourquoi on appelait « la race jaune » un peuple à la peau si blanche, la fille répétait : à gauche à l'église, oui, merci, et sans doute pour nous remercier de lui indiquer le chemin, esquissait un pas de mambo avant de s'en aller. Comme pour dire : le mambo, en réalité, voilà comment ça se danse. Le leader de notre petite troupe de danseurs, Patty, qui naturellement n'avait jamais vu personne danser le mambo comme ça, a juste fait « eh bien, ça ! » puis est restée bouche bée. J'ai vu plusieurs fois la vidéo du film *Mambo Kings*, comme référence, mais dans aucune des scènes de danse du film je n'ai vu les pas qu'elle venait de nous montrer. Ce n'étaient pas des pas très compliqués. Elle avait lancé en avant à tour de rôle le bras droit et la jambe gauche, puis le bras et la jambe inverses, comme si elle marchait, deux fois de suite et en rythme, c'est tout. Mais en même temps, elle balançait les fesses d'avant en arrière. Et elle souriait en faisant les pas. *Sexy* et *cute* à la fois, *cute and sexy*, ah, si j'avais été un homme de soixante-dix ans, je crois que la bête se serait réveillée en moi illico.

Retiens-la, m'a dit Patty en me tapant sur l'épaule, et comme c'était de toute façon mon intention, je l'ai appelée : dites, attendez ! S'il vous plaît ! Ma colère envers Andy s'était envolée je ne sais où dans le ciel bleu de Géorgie.

— Qu'est-ce que c'était ? Du mambo ?

Elle est restée sur place et a hoché la tête. Même un simple hochement de tête de sa part était plein de grâce, c'était agaçant.

— Je ne connais pas ce pas. Dites, vous ne voudriez pas nous l'apprendre ? Je vous remercierai en conséquence, accordez-nous juste une demi-heure de leçon.

Si on dansait comme ça à la fête, on surprendrait tout le monde. Notre génération a connu la folie des danses latines après la guerre. Le mambo, le cha-cha-cha, la rumba cubaine, Pérez Prado, Xavier Cugat, Stanley Black, tous ces noms sont liés à des souvenirs sentimentaux. C'est pour ça que l'idée d'Andy avait recueilli l'approbation générale. Le vice-président (il est du parti libéral, lui) serait sûrement heureux. Après tout c'est la musique d'une époque où l'Amérique était au faîte de sa puissance.

— Excusez-moi, mais je suis pressée.

Ce n'était pas cette réponse qui allait me décourager. J'avais l'intention de la retenir, même s'il fallait mobiliser pour cela l'ensemble des domestiques de la propriété. Si elle voyait alignés en rang d'oignons les cinquante Noirs qui travaillaient ici, vêtus pratiquement de la même façon qu'à l'époque d'*Autant en emporte le vent*, nul doute qu'elle trouverait cela amusant et que ça la ferait changer d'avis.

— Attendez ! Une demi-heure, c'est tout, dites-moi ce que vous souhaitez en échange, vous aurez tout ce que vous voudrez.

Mais elle a secoué la tête.

— J'accompagne un ami jusqu'à Miami, et il est gravement malade, a-t-elle dit, puis elle s'est remise à marcher en direction du parterre d'azalées. Chose étrange, j'avais complètement abandonné la partie. Pas parce qu'elle avait évoqué son ami malade. Ni parce que mon insistance l'avait mise de mauvaise humeur et que je regrettais. Non, elle avait gardé le sourire tout le temps. Qu'est-ce que c'était, alors ? Ce n'était quand même pas son aura. (Je ne suis pas spécialement du genre mystique.) En fait, je pense que c'est parce que dans ce « non » prononcé dans son anglais hésitant, j'avais perçu toute la force de sa volonté. Depuis la disparition de mon père il y a onze ans (il est mort d'une cirrhose, et ma mère ne lui a pas survécu longtemps), j'avais oublié ce que c'était de sentir la volonté de quelqu'un vous atteindre directement en même temps que ses paroles. Tout le monde me cède : Andy, cela va sans dire, mais mes amis aussi. Ne parlons même pas des domestiques noirs, ils ont sûrement une volonté, mais ils ne la manifestent jamais devant moi.

Elle m'avait manifesté sa volonté directement, en face, en gardant le sourire. Cela m'a fait un choc, mais mon esprit a immédiatement traduit : Madame, même si vous me donnez une liasse de billets de cent dollars, je ne suivrai pas vos ordres. Et plus étrange encore, ça me plaisait, qu'elle soit comme ça. C'était la première fois qu'une Asiatique me plaisait. Les Chinois qui vivent dans les campagnes du sud sont tous des descendants d'esclaves à ce qu'on m'a dit, et les Japonais que je connais vivent tous l'échine courbée, comme des larves tapies sous des feuilles mortes. Jamais je n'avais ressenti leur volonté. Comme dit un adage du sud, la volonté, c'est la fierté, et la fierté ne se manifeste que par la volonté.

Je ne sais pas si mes pensées parvenaient jusqu'à elle ou quoi, mais elle s'est arrêtée tout d'un coup. Puis elle a dit quelque chose que je n'ai pas compris tout de suite :

— Vous avez des abat-jour chez vous ?

J'ai rassemblé tous les abat-jour du rez-de-chaussée, et on les a apportés tous ensemble jusqu'à son minibus. Son ami voulait un abat-jour. Le défilé de porteurs – dix-sept personnes portant chacune un abat-jour – se prolongeait tout le long du petit sentier bordé d'azalées qui mène au parking. Moi et mes invités nous en portions aussi. D'habitude, je fais porter ce genre d'objets par les domestiques mais cette fois, notre groupe ne suffisant pas, nous avons fait venir seulement trois domestiques en plus. Nous tenions à lui manifester notre respect. Elle sautillait gaiement le long du sentier pour arriver plus vite au minibus à l'intérieur duquel l'attendait son ami, elle avait l'air vraiment heureux. Je pense que cette précision est superflue mais là encore, sa silhouette en train de sautiller était adorable. Ça devenait énervant.

La vue de « l'ami gravement malade » a suscité un brouhaha chez les porteurs d'abat-jour. C'était un homme de type hispanique, sidéen au dernier degré, dans l'état le plus lamentable qu'on puisse imaginer. Les deux servantes et l'intendant Olly en tremblaient de dégoût. Pas un d'entre nous, moi y compris, n'arrivait à comprendre comment une fille pareille pouvait avoir un ami en dernière phase de sida. Pendant qu'elle le regardait choisir un abat-jour, et le serrer dans ses bras en pleurant, elle avait les yeux d'une mère le jour où elle offre ses premiers gants et sa première batte à son fils fou de base-ball.

— Attends-moi juste une demi-heure, José, j'ai un petit travail à faire, je reviens.

Elle s'appelait Kyoko. Ça a vraiment été un bon moment, cette leçon avec Kyoko. Répéter les pas nous a aidés à oublier l'existence du malade dans le minibus.

— Il existe de nombreux pas de mambo, certains vous essoufflent au bout de dix secondes, même moi, avec d'autres on s'emmêle facilement les pieds et on peut se retrouver par terre, alors j'ai sélectionné quatre pas que vous pouvez apprendre en trente minutes et qui ne sont pas trop astreignants au niveau du corps.

Mambo walk, kick and swing, willow walk, cha-cha-cha olé, voilà les noms que notre petit groupe a donnés ensuite aux quatre pas que nous a enseignés Kyoko. Le *mambo walk*, c'est le pas qu'elle avait esquissé à côté du parterre d'azalées avant de partir, c'était très difficile de balancer son derrière comme elle l'avait fait, quasiment impossible pour nous, mais c'était une sorte d'échantillon de pas cool, au rythme de la marche et sur deux temps seulement. Cette façon de marcher est la base du mambo, et le point de départ de tous les autres pas.

Le *kick and swing* consistait à fléchir légèrement la jambe d'appui, à tourner l'autre jambe vers l'intérieur avant de la lancer en l'air, puis à se trémousser à partir des hanches comme en dansant le twist. *Willow walk* consiste à avancer d'un mouvement glissant, d'avant en arrière, de droite à gauche, tout en agitant les deux bras devant soi, comme des branches de *willow*, c'est-à-dire de saules, agitées par le vent. Ce glissement des pieds dans toutes les directions nous donnait trop de fil à retordre, si bien que Kyoko a arrangé le pas spécialement pour nous : il nous suffisait de glisser vers l'avant comme en marchant. Quant au *cha-cha-cha olé*, il se danse en couple. On se tient mutuellement par l'épaule, d'une main, tout en se regardant droit dans les yeux, et on lance en l'air le bras libre, autrement dit celui qui se trouve à l'extérieur, dans la posture du torero. Après avoir fait « Olé ! », chacun fait faire un demi-tour à son partenaire pour changer de direction, et on recommence. Le demi-tour se fait sur un pas de cha-cha-cha en trois séries de deux temps, et quand on lève le bras pour le « Olé ! », il faut, sans plier le genou, lancer en l'air le pied droit si on lève le bras gauche, le pied gauche si on lève le bras droit.

Kyoko était un excellent professeur. Aucun des pas n'était très compliqué, mais pour que le mouvement soit joli à voir, il fallait être attentif à la direction du regard, à la position du visage, et même à l'angle des orteils quand on lançait le pied en l'air. Il ne faut jamais (Kyoko a insisté plusieurs fois : *never*), jamais mettre de force dans les épaules, car cela a pour résultat de raidir l'ensemble du corps, et d'ailleurs, a-t-elle dit, on aurait beau chercher dans le monde entier une danse dans laquelle il faille mettre la force dans les épaules, on n'en trouverait pas. Il faut également faire très attention aux extrémités, aux mains, aux pieds, et au moindre recoin de son corps. Ne rien laisser au hasard. Si on fait soigneusement ses pas, si on danse en restant attentif et conscient de tout son corps, cela devient vraiment agréable, et quand c'est agréable, on danse bien tout naturellement. L'expression aussi a une grande importance. Si on danse n'importe comment, en se laissant aller, ça fait transpirer, c'est tout, et ça devient peu différent du jogging. Mais comme il y a des gens qui nous regardent, il faut que notre visage exprime la joie profonde que nous procure la danse. Sans aucune retenue. Quand on relâche les muscles du visage, curieusement, les épaules se relâchent aussi, et les mouvements s'adoucissent.

La leçon a légèrement dépassé la demi-heure promise, mais Kyoko, même si elle surveillait sa montre, n'avait pas l'air d'en être fâchée. Nous, nous étions au comble du bonheur. Une des servantes, Pauline, est bien venue à un moment, le visage blême (le qualificatif peut paraître bizarre étant donné qu'elle est noire) me dire : « Madame, l'homme qui a le sida est sorti de la voiture et il se dirige par ici, caché dans les fourrés », mais je lui ai fait signe de ne pas s'en occuper. Ann et Sandy ont paru un moment inquiètes à l'idée que ce sidéen venait observer en cachette la leçon de danse, mais je leur ai dit à l'oreille de l'ignorer. Heureusement, Kyoko ne semblait pas s'être aperçue de sa présence. J'aurais voulu l'abattre, cette espèce de sidéen espagnol, d'une balle du fusil à crosse d'ivoire que mon père m'a légué en souvenir. Kyoko ne nous accordait cette leçon que parce qu'elle voulait lui offrir un abat-jour. Aucun de nous ne pouvait supporter la vue de ce type, et en venant tituber jusqu'ici à seule fin de regarder la leçon en cachette, c'était Kyoko qu'il dérangeait avant tout. Il n'y a rien de plus lamentable au monde que quelqu'un que tout le monde déteste mais qui ne s'en rend même pas compte. Moi qui vous parle, je suis issue d'une famille de réfugiés juifs de Hongrie. Le père de mon arrière-arrière-grand-père a bâti sa fortune en investissant dans les chemins de fer, après avoir connu de nombreuses épreuves, et il a aidé de nombreux réfugiés juifs hongrois pendant la Deuxième Guerre mondiale et même après. Je me souviens encore d'avoir parlé un jour, pendant mes années de collège, du *Journal* d'Anne Frank avec un réfugié qui travaillait comme comptable dans la société paternelle. J'adorais ce livre, mais quand je lui avais dit qu'aucun livre ne m'avait jamais émue comme celui-là, il m'avait répondu en secouant la tête que c'était bien triste, mais que je faisais une erreur.

— Tu comprends, Jessica, moi aussi j'ai lu une fois le *Journal* d'Anne Frank, seulement, ça m'a été si désagréable que je ne l'ai pas lu une deuxième fois. Le père d'Anne aurait dû lui aussi se rendre compte plus tôt à quel point inimaginable les Juifs étaient l'objet de la haine des nazis. C'était quelqu'un qui avait les moyens, et s'il s'était aperçu plus tôt de ce qui se passait, il aurait pu se réfugier aux Etats-Unis, Anne ne serait pas morte si jeune, elle serait peut-être devenue un écrivain extraordinaire. C'est bien triste, ce que je te raconte là, mais ce n'est pas pour te faire de la peine, c'est pour que tu comprennes bien, en ce monde, il n'y a rien de pire que la haine, seulement ceux qui en sont l'objet sont incapables de survivre s'ils sont inconscients du rejet qu'ils suscitent, s'ils n'ont pas conscience de cette haine envers eux, ils ne peuvent ni fuir, ni se battre, ni même s'en remettre à Dieu.

Je crois que Kyoko se rendait très bien compte que nous avions tous son compagnon en horreur. Mais elle poursuivait la leçon, sans manifester le moindre signe de désagrément, et après elle a mangé les petits fours maison de Pauline, bu le thé glacé dans le style sudiste, avec des feuilles de menthe flottant à la surface, en bavardant joyeusement avec nous, comme si ce monde était entièrement dépourvu de problèmes.

— Vous êtes japonaise, Kyoko ?

— C'est exact.

— Alors les Japonais dansent, eux aussi ?

— Que voulez-vous dire ?

— Je ne savais pas que les Japonais dansaient le mambo, je croyais que tout ce qu'ils faisaient, c'était fabriquer des walkman et des voitures, ou acheter des terrains et des immeubles.

Andy a sorti le caméscope Sony dont il est si fier, et lui a fait cette demande insolente mais que j'ai trouvée merveilleuse : est-ce qu'elle ne nous ferait pas une démonstration de danse, là, sur la pelouse ? *No problem*, a aussitôt répondu Kyoko.

Elle nous a fait une démonstration complète de mambo, sur la pelouse, devant la maison. Patty, qui est également la présidente du « *Savannah Social Dance Club* », nous a dit, les yeux brillants, qu'elle n'avait jamais vu personne danser comme ça. D'après elle, le mambo que dansait Kyoko se rapprochait de la danse classique.

— Elle ne perd jamais son sens de l'équilibre. Cette façon de changer de centre de gravité, rapidement, souplement, évoque le ballet, elle donne une impression d'élégance extrême, mais à la différence du ballet, il n'y a aucune tension dans ses muscles dorsaux. Mais où a-t-elle été dénicher des pas aussi élégants, alors qu'il s'agit d'une danse d'agrément, pas d'une danse de spectacle, c'est vraiment incroyable !...

Quand ça a été fini, Andy et moi sommes allés raccompagner Kyoko jusqu'au minibus pour lui dire au revoir. Tout en marchant le long du sentier bordé d'azalées, Kyoko nous a confié qu'elle amenait ce sidéen jusqu'à Miami, et quand je lui ai dit que personne ne pouvait plus rien pour lui dans l'état où il était, elle a hoché la tête et a répondu : je sais.

— Mais il veut revoir sa famille.

Je n'ai rien répondu. Pendant que j'agitais la main en signe d'adieu au minibus rouge qui démarrait, j'ai entendu Andy murmurer : cette fille, c'était un vrai zéphyr, elle est arrivée comme un souffle d'air, elle a dansé et elle est repartie, comme un souffle.

XII

JOSÉ FERNANDO CORTÉS II

— Kyoko, comme tu as grandi !

Il m'arrive de plus en plus souvent de perdre conscience quand je suis allongé dans le bus ou sur le lit d'une chambre d'hôtel. Mon corps se refroidit, je commence par ne plus y voir, puis ne plus entendre, et je perds conscience, comme si j'étais entraîné par un liquide épais et boueux. Ça ressemble à un sommeil léger, ça doit être ça, le coma.

Même pendant mes moments de conscience, toutes mes émotions ont disparu, sauf la peur de la mort. Tout à l'heure j'ai dû faire un effort désespéré pour arriver à me rappeler le nom de Sergio. Même les souvenirs proches sont vagues, par exemple ce petit Noir qui m'a craché dessus, la colère que j'ai ressentie contre lui, je voulais vraiment le tuer, ces images et ces sensations d'un passé tout proche perdent leurs contours et leurs formes comme de la fumée de tabac dans une pièce fermée, elles s'étendent partout en couche légère puis s'évanouissent complètement.

Mais ce qui me surprend le plus, c'est que je passe toutes mes journées à rouler dans ce minibus en direction de Miami, sans devenir fou.

— Il n'y a plus de bananes !

— J'en achèterai au prochain *rest stop*.

— Je n'ai plus d'eau non plus.

— Je vais en racheter aussi, mais il reste une petite bouteille dans mon sac, si tu as soif tu peux la boire.

— Où on est maintenant ?

— Encore cinq miles et on sera en Floride.

Voilà le genre de conversations que j'ai avec Elena.

Je peux encore soutenir une conversation. Non, cette façon de m'exprimer n'est pas juste. En fait, c'est seulement quand je parle avec Elena, pendant ces dialogues avec elle, que j'émerge un peu du coma, que ma conscience confuse revient un peu à elle.

Quelqu'un a dit que l'homme était une machine, et il avait raison. Pas une fois dans ma vie je n'ai utilisé d'ordinateur, mais il me semble que dans l'état où je suis, je ressemble vraiment à un ordinateur. On m'a laissé là, la prise branchée. Mais il n'y a aucune entrée ni sortie de données. La fonction mémoire n'est pas complètement perdue mais si personne ne se sert du clavier, elle ne bouge pas. Elena est la seule à frapper sur les touches. Et je serai bientôt débranché, aucun doute là-dessus.

Peut-être que quand Elena n'est pas près de moi, je ne peux plus vérifier si j'existe ou non. Elle m'appelle « José », et je comprends que je suis une personne qui s'appelle José. C'est pour ça que même si je n'ai rien à lui dire qui en vaille la peine, je m'arrange pour lui adresser la parole quand même. Quand je suis allongé, j'ai du mal à entendre sa voix, aussi, je m'appuie sur les oreillers que j'ai empilés derrière le siège du conducteur, et je lui parle comme ça, dos à dos. Assis comme ça, mon champ de vision devient symbolique. Le paysage s'éloigne. Le ruban de l'autoroute, la ligne de séparation centrale, la voie opposée, la file de voitures, les camions-remorques, les *mobile homes*, la bande herbeuse du bas-côté, les grands arbres, et au-delà, les exploitations agricoles, les prés où paissent les vaches, les champs, les étangs, les rivières, les marais, toutes ces choses qui s'éloignent, chacune à sa vitesse propre, puis finissent par disparaître, au point le plus lointain de la perspective. Je sens avec une extraordinaire intensité que tout s'éloigne de moi, comme des parasites et des humeurs s'échappant d'un cadavre.

Sous mes yeux la clochette à vent s'agite doucement. J'ai toujours aimé le tintement de cette clochette. Quand on a quitté New York, ou peut-être en Virginie ou dans le New Jersey, je ne sais plus, c'est tout récent mais j'ai déjà oublié où c'était, Elena m'a demandé :

— José, où l'as-tu achetée, cette clochette ? On n'en trouve qu'au Japon des clochettes comme ça, c'est celle que je t'ai offerte quand j'étais petite.

J'ai répondu que je n'avais jamais mis les pieds au Japon.

— Je crois que c'est une de mes fans qui me l'a donnée, tu te trompes Elena, tu crois ça parce que tu es japonaise, et que cette clochette est fabriquée au Japon, mais tu sais, mes fans sont complètement *crazy*, elles m'offrent n'importe quoi, tu ne peux pas savoir, des fleurs, du champagne, ça, c'est normal, mais un jour j'ai ouvert une boîte, et j'ai trouvé un chiot dedans, elles m'offrent aussi des bibelots de toutes sortes, un jour j'ai même reçu des sous-vêtements en soie.

Elena s'est tue. Elle ne m'a jamais reparlé de cette clochette à vent.

Depuis qu'il m'arrive de plus en plus souvent de sombrer dans cet état comateux, j'ai repensé plusieurs fois à notre conversation au sujet de cette clochette.

Tout comme les paysages qui se fondent dans la perspective, quand ma conscience se brouille, tout devient naturellement vague, la seule chose qui peut me défendre alors contre la peur extrême que j'éprouve, c'est, étrangement, d'évoquer des souvenirs solides, bien déterminés.

Par exemple, le souvenir d'Elena courant à ma place après un ballon jaune. La sensation du sable chaud coulant entre mes paumes sur la plage déserte de Miami Beach, en plein cœur de l'été, la courbe particulière et étrange des côtes de La Havane, les hommes de Manhattan, la sueur inodore coulant le long de mon corps au *Skyline Dance Studio*.

Chaque fois que je me sens sombrer dans le coma, je suis pris d'un irrésistible besoin de préciser, de rendre plus vivaces encore ces souvenirs, comme on polit une pierre précieuse pour augmenter son éclat. C'est en polissant ainsi ces souvenirs que je me suis rappelé que celui qui avait reçu des sous-vêtements de soie en cadeau, ce n'était pas moi, mais Mick Jagger, et l'histoire du chiot, c'était Gene Kelly.

Pour vivre, les illusions et les mensonges sont nécessaires, soit, mais pour mourir ?

Personne n'a la solution à cette question. Tous ceux qui connaissent la réponse sont morts.

Elena se tait, et moi, quand le trouble de ma conscience s'accentue, je parle à Sergio. J'imagine que j'ai le fantôme de Sergio sous les yeux et je lui parle. Sergio, qu'est-ce que c'était, tout à l'heure ? Tu sais, cette ville à l'air étrangement espagnol, ces maisons blanches entrevues comme dans un rêve éveillé, j'aimais bien demander à Sergio de me parler de Manuel Puig, qui avait fui l'Argentine, avait connu le désespoir dans de nombreuses villes de par le monde, la solitude à Mexico, oui, c'est ça, et alors il se rappelle un immeuble dans une petite ville, en pleine pampa, comme une île solitaire en plein milieu de la terre, c'est la ville où il est né, et la maison où il est né, il tend l'oreille, quelqu'un parle à côté de la fontaine du patio, ce sont sa mère et ses tantes qui l'ont élevé, et elles bavardent assises sur un banc de fer à l'ombre des arbres, Puig se rappelle avec netteté cette conversation, et il note soigneusement tout, tu sais bien Sergio, c'est le moment de la naissance du romancier Manuel Puig que tu me racontais, je t'ai demandé un nombre incalculable de fois de me raconter cette histoire, je ne savais pas moi-même pourquoi ce passage me plaisait tant, mais maintenant je comprends, Sergio, c'est lié à la mort, je suis bien plus près de la mort maintenant que quand j'étais près de toi, je voudrais croire à la résurrection, Sergio, je crois que toi, tu peux comprendre, mais ça n'a rien à voir avec le monde de l'au-delà ou la théorie de la réincarnation, non, c'est quelque chose comme la conversation retrouvée de ces femmes, dans le patio du pays natal de Puig, ça ne peut rien être d'autre, c'est peut-être triste, mais tu vois, maintenant, il ne me vient plus la moindre pensée de sexe, j'ai souvent parlé avec toi de ces jeunes gens à la peau hâlée, je n'ai plus le moindre intérêt pour leurs muscles souples, mais comment s'appelait donc cette ville ? Oui, c'est ça, c'était près d'une très vieille ville appelée Savannah, il y avait des arbres d'une hauteur incroyable, ils étaient plus hauts que les palétuviers de La Havane, j'étais entouré de plein de gens, comme si on m'exhibait, il y avait des vieillards endimanchés à l'air sévère, de grosses servantes noires, ils étaient tous en cercle autour de moi et ils portaient des abat-jour, des abat-jour pour faire cadeau à maman, c'était comme une scène de rêve, mais quand je me suis réveillé, ce carnaval d'abat-jour était toujours là, et ce n'est pas tout, Sergio, à vrai dire, ça ne fait même que commencer, tous les participants du carnaval sont repartis, j'ai gardé l'abat-jour bien serré sur mes genoux pendant je ne sais combien de temps, puis j'ai entendu de la musique qui venait d'une grande maison blanche, c'était du mambo, à La Havane et à Miami aussi, maman aimait bien faire de grandes fêtes, tout le monde se réunissait, ça sentait la peau de porc et de poulet qui grille, et de l'autre côté de la vapeur de cuisson du riz et des haricots, je voyais des visages rieurs, on faisait sauter les bouchons des bouteilles de rhum, et ensuite chaque fois, il y avait de la musique, du cha-cha-cha, de la rumba, et ça m'a rendu si nostalgique que je suis sorti du minibus, c'était une maison immense, avec un jardin immense, plein de fleurs, il y avait un sentier entre des parterres de fleurs et des buissons qui menait jusqu'à la maison, au-dessus de ma tête j'entendais gazouiller de petits oiseaux, un son doux comme un sifflement dans les oreilles, il y avait un nombre incroyable d'énormes arbres centenaires ou peut-être même millénaires, entre les troncs et les branches, on apercevait des marais et des bois à perte de vue, le paysage était brouillé et légèrement vert, sans doute à cause de l'humidité et de la chaleur, je transpirais mais ce n'était pas désagréable, j'avais l'impression d'être rentré dans mon pays natal, ma conscience n'était pas bien nette, il me semblait que c'était maman qui m'attendait là-bas, là d'où venaient ces échos de mambo, mais en m'approchant j'ai compris que ce n'était pas maman qui dansait le mambo mais ces vieux Américains qui étaient venus m'apporter les abat-jour tout à l'heure. Je sentais que s'ils me voyaient là juste sous leurs yeux, ils me feraient des ennuis, alors je suis resté caché dans les buissons et je les ai regardés danser leur affreuse danse, ils dansaient si mal le mambo, c'était horrible, à te donner le frisson, la musique c'était Benny Morel, fierté de tous les Cubains, mais leur danse était vraiment à vomir. Quand cette haie de vieillards atrocement laids s'est ouverte, j'ai failli crier : Sergio, Sergio, tu m'entends ? Il y avait cette Japonaise, au début je ne l'avais pas bien vue parce que tous ces vieux me la cachaient, je ne pouvais pas en croire mes yeux, elle dansait le mambo comme une vraie Cubaine, ses épaules s'agitaient doucement, ses mains et ses bras levés formaient un angle gracieux, ses hanches ondulaient joliment, ses pieds frappaient le sol en rythme avec sûreté, son corps bougeait avec légèreté, comme le vent, libéré de la terre, et je me suis mis à sourire inconsciemment, et j'ai dit : oui, c'est ça, là, tu plies légèrement les genoux, au contretemps, tu tournes en croisant les deux pieds, c'est ça, et tu sautes, comme une balle, tu ne dois pas faire ressentir la pesanteur, tu dois t'imaginer que tu es une balle et que tu rebondis, c'est ça, bien, très bien... pendant que je murmurais comme ça, je ne m'en apercevais même pas, mais mon sourire avait disparu, d'autres mots étaient venus flotter dans ma tête, et au moment où ils sont sortis de ma bouche, mon corps s'est couvert de chair de poule.

Mais qui est cette fille ?

Qui est cette fille ?

Qui est cette fille ?

Qui est cette fille ?

Qui est cette fille ?

Un souvenir remontait lentement de mes pieds jusqu'à mon cerveau en me traversant les entrailles, et j'ai changé de place comme pour m'enfuir, une force en moi essayait d'empêcher ce souvenir de remonter à la surface, il était presque là, presque, s'il était resté enfoui quelque part jusqu'ici, c'est donc qu'il n'était pas si important que ça pour moi, mais est-ce que ce n'était pas du même ordre que la conversation des femmes dans le patio, entendue par Puig, Sergio, est-ce que ce n'est pas quelque chose comme ça, une chance de résurrection ?

— C'est notre dernier arrêt sur l'autoroute.

Au moment où Elena m'a dit ça, le soleil se couchait sur ce parking de Floride. Elle m'a mis l'aiguille de perfusion dans le bras.

— Dans quatre heures, on est à Miami !

Elle ne s'appelle pas Elena. Le souvenir de la vraie Elena, je l'ai poli à l'intérieur de moi et il a ressurgi avec précision. Cette Japonaise n'est pas Elena. Elles ont des points communs pourtant, elles dansent bien toutes les deux.

— Je vais acheter de l'eau et des bananes, si tu as soif, tu peux boire la petite bouteille dans mon sac.

Ah, je sais, tu me l'as déjà dit.

Je répète la question comme une incantation :

Qui est cette fille ?

— Ne bouge pas d'ici, surtout !

Où veux-tu que j'aille, je suis sous perfusion.

Comme d'habitude, elle me fait un sourire, puis s'en va vers la boutique de l'aire, située de l'autre côté d'un petit bois.

Pendant la perfusion, j'ai de nouveau sombré dans un état de mort apparente.

Quand j'ai ouvert les yeux, le fantôme de Sergio était debout devant moi.

Son visage, ses mains, ses pieds, ses vêtements étaient à demi transparents, il se tenait juste sous la lumière faible du réverbère, mais ne projetait pas d'ombre. Un nombre incroyable d'insectes, grands et petits, tournoyaient autour de lui. Autrefois, sur une aire d'autoroute semblable à celle-ci, maman nous avait raconté d'effrayantes histoires d'insectes. C'était comme ici, une aire très vaste, presque déserte, très peu de voitures garées sur le parking, une étendue d'herbe avec des tables pour le pique-nique, un sentier de promenade sur lequel j'avais l'impression d'être un nain, qui traversait un petit bois touffu aux allures de forêt préhistorique. Il me semble bien que c'était juste après notre arrivée de Cuba, notre peau, à maman et à moi, portait encore les marques rouges et enflammées dues aux terribles brûlures de soleil que nous avions subies sur le bateau qui nous avait amenés *via* Key West. Sur le pont, il était impossible d'échapper au soleil. Quand elle avait appris par ouï-dire, sans pouvoir le vérifier, la mort de papa en prison après son arrestation, maman avait commencé les préparatifs de notre fuite. Elle avait quitté La Havane en plein jour, prétextant un voyage, s'était réfugiée chez des parents à elle qui vivaient à côté de Pinar del Río, dans une petite ferme de village, en pleine campagne, avec des cochons et des canards, et un énorme manguier. Maman avait déterré une bourse de cuir enfouie au pied de ce manguier, l'avait cousue dans la doublure de mes vêtements, puis, en pleine nuit, un camion était venu nous chercher. Maman avait donné au chauffeur du camion une bague ornée d'une topaze impériale qu'elle avait sortie à l'avance de la sacoche cousue dans mes vêtements. La remorque du camion regorgeait de monde. D'innombrables étoiles brillaient au ciel. J'ai dit « comme les étoiles sont jolies ! » et maman m'a grondé sévèrement, en me disant qu'il ne fallait surtout pas ouvrir la bouche. Ensuite, la mer toute noire sous la nouvelle lune. Je n'ai jamais su le nom de ce port. La mer semblait une surface de métal noir. Une fois au large, nous avons pu voir les lumières de La Havane, et pendant que nous les regardions s'éloigner lentement, les épaules de maman étaient agitées de petits tremblements. C'est comme ça que nous sommes arrivés à Miami. Ecoute-moi bien, José, ici il y a des vers terribles, de petits vers rouges qui n'existent pas à La Havane, ils rentrent sous la peau à travers les pores, et une fois à l'intérieur, ils se fraient un chemin en te transperçant vers l'intérieur, et il n'y a aucun moyen de s'en débarrasser. Une fois qu'ils se sont infiltrés sous ta peau, tu les gardes avec toi jusqu'à la mort. Le fantôme de Sergio était toujours là, debout en silence, à demi transparent. Je distinguais ses viscères et ses veines à travers la peau translucide, les battements extrêmement faibles de son cœur. En levant les yeux plus haut, j'ai failli pousser un hurlement : ce n'était plus le visage de Sergio, mais le mien. Ça m'a fait un drôle d'effet de voir mon propre fantôme sous mes yeux. J'avais affreusement peur, et je ressentais aussi une sorte de nostalgie. J'ai touché mon propre bras, mais je me suis rendu compte qu'il n'était pas transparent mais réellement solide, plein. Je ne suis pas mort, je suis juste en proie à une illusion. Mais tout de même, ce n'est pas Sergio, c'est moi, je ne peux quand même pas m'adresser la parole, comment ça se pourrait, ça, parler à son propre fantôme ? J'avais la gorge desséchée. Je me suis tortillé pour attraper le sac d'Elena derrière moi. Son joli sac en tissu rouge foncé et cuir bleu marine avec une ceinture crème qui lui allait si bien et lui ressemblait tant. Pendant que je tâtonnais à l'intérieur à la recherche de la bouteille d'eau, mes doigts ont rencontré autre chose. Au contact de ces petits objets souples, une onde de nostalgie, qui est allée mourir aussitôt, m'a traversé. Ils étaient si petits. J'ai sorti du sac les deux petits chaussons de danse d'enfant, et j'ai lu le nom, presque effacé, inscrit sur les semelles :

Kyoko

Ce nom, c'est moi qui l'avais écrit. Je l'avais écrit lentement, soigneusement, à l'encre indélébile, en faisant attention à ne pas faire de fautes, caché sous les couvertures pour que personne ne me voie, sur mon lit de camp de l'armée. Les petits pieds auxquels ces chaussons s'ajustaient exactement sont venus flotter sous mes yeux. Des petits pieds qui dansaient le cha-cha-cha. Une longue chevelure noire nouée en queue de cheval qui s'agitait. Au camp, tout le monde me détestait. Si on m'avait seulement ignoré, ou même frappé, j'aurais pu le supporter. Seulement, tous mes camarades ricanaient quand je dansais. La danse cubaine les faisait rire. Alors moi, j'emportais mon radiocassette et j'allais danser en dehors du camp, sur des parkings, dans des jardins publics, là où il n'y avait pas d'autres G. I. C'est comme ça que je l'avais rencontrée. Elle m'attendait chaque fois, et dès qu'elle me voyait arriver, elle se précipitait joyeusement vers moi. Le souvenir de cette petite fille s'est superposé avec celui de la fille qui dansait le mambo devant un groupe de vieillards. Pas étonnant qu'elle danse si bien le mambo ! Puisque c'est moi qui le lui ai appris.

En passant les doigts sur le nom inscrit sur les chaussons, j'ai murmuré :

— Kyoko, comme tu as grandi !

A ce moment-là j'ai entendu un petit gémissement. C'était la voix de Kyoko. Le sentier traversant le petit bois était entouré de bosquets, tout semblait désert.

J'allais me précipiter pour lui venir en aide quand quelque chose m'a retenu le bras, j'ai failli tomber. J'ai cru que c'était le fantôme, mais c'était seulement l'aiguille du goutte-à-goutte plantée dans mon bras. J'ai arraché le pansement, essayé d'enlever l'aiguille mais je n'avais pratiquement plus de sensation au bout des doigts de la main gauche, je n'arrivais pas à attraper l'aiguille.

— Ne bouge pas d'ici, a dit le fantôme. Tu vas bientôt mourir, tu le sais, non ?

J'ai répondu : je sais. Sans plus m'occuper du tube de perfusion, j'ai avancé de deux ou trois pas et l'aiguille s'est arrachée de mon bras avec un bruit désagréable, le support métallique s'est effondré. Je me suis dirigé vers le bois en chancelant. J'ai entendu la voix du fantôme dans mon dos :

— Moi, je préfère t'attendre ici.

Le sang coule de mon bras. Je n'ai entendu qu'un seul gémissement. Elle n'a peut-être pas été agressée.

Comme j'aimerais qu'elle ait seulement été surprise par un serpent ou un horrible insecte.

Malheureusement mes mauvais pressentiments tombent presque toujours juste. Depuis que, dans ces toilettes du camp qui empestaient le désinfectant, on m'a roué de coups, entièrement déshabillé et fait toutes ces choses horribles, mes pressentiments sont toujours tombés juste. Dès l'instant où j'ai mis le pied dans ce petit bois, j'ai repensé au film *Jurassic Park*. Entre les énormes feuilles des arbres brillent les rayons blafards de la lune. C'est comme si je m'étais perdu à l'intérieur des décors du film. Sentiment de réalité : zéro. Le sol est recouvert de feuilles mortes, suintant, chacun de mes pas soulève des nuées d'insectes. Je me prends les pieds dans les racines, je tombe plusieurs fois. Je tombe, je me cogne le genou, j'ai deux sangsues collées sur la face interne du bras. Mais je ne ressens pas la moindre douleur. Les sangsues me sucent le sang, enflent en un clin d'œil. Même si elles attrapent le virus VIH, je doute que les sangsues développent le sida. Je ne voudrais pas pour autant me réincarner en sangsue, naturellement. Les sangsues ne dansent pas le cha-cha-cha. C'est ça. Si j'arrive à sauver Kyoko, je veux danser encore une fois le cha-cha-cha avec elle avant de mourir. Le cha-cha-cha c'est ma danse préférée parmi les dizaines de danses cubaines qui existent. Des danses populaires de couple, c'est à coup sûr la plus agréable au monde. Je ne sais pas qui est responsable de ça, mais c'est un faux cha-cha-cha qui s'est répandu à travers le monde. Un couple qui danse le cha-cha-cha sur un rythme *one two cha-cha-cha*, c'est encore plus horrible à voir que des sangsues. Il faut bien écouter la musique, bien écouter la basse et le chœur, et à la première mesure syncopée, faire un pas en avant, *cha-cha-cha*. Kyoko, elle, le danse comme il faut. Elle ne se trompe jamais. Elle ne danse pas comme une sangsue, elle. Parce qu'elle a appris à se sentir à l'aise dans son corps en dansant. C'est moi qui le lui ai appris. Le vent traverse le petit bois, les insectes vrombissent, les énormes feuilles bruissent. Ah, c'était donc ça, je me suis dit. Sergio, c'était ça, la fameuse chance de renaître. J'ai fait la même chose qu'avec un virus, ma danse, je l'ai amenée de Cuba, je suis allé en Amérique avec, et au Japon, je l'ai transmise à une petite fille, ce que j'ai fait, c'est vraiment comme transmettre un virus, c'est peut-être tout ce que j'ai reçu en naissant, mais je crois que c'est ça ma chance de résurrection, moi je ne peux pas écrire un roman comme Manuel Puig, mais tout comme les romans de Manuel Puig resteront, sous forme de livres, moi, ma danse restera dans le corps de cette fille, les romans, les livres, après tout ce n'est que du papier, le papier ça peut être dévoré par les insectes, Sergio, moi, c'est dans le corps magnifique de cette fille que je resterai, qu'est-ce que tu en penses, tu dois m'envier, non ?

Si Kyoko avait eu une ceinture normale sur son short au lieu d'un bandana, il lui serait arrivé la même chose qu'à moi dans les toilettes du camp, il y a de grandes chances. Les violeurs étaient deux. Le premier lui maintenait la tête et les épaules, pendant que l'autre essayait de lui enlever son short, mais il n'arrivait pas à défaire le bandana. Ils se parlaient en espagnol. Heureusement, ils n'avaient pas l'accent cubain.

— Dépêche-toi, connard.

— Mais elle a un bandana.

— Coupe-le au couteau.

— C'est ce que j'ai l'intention de faire, ta gueule.

Ils avaient dû la frapper, du sang coulait au coin de sa lèvre et elle était évanouie. Est-ce que j'étais déjà devenu transparent comme mon fantôme ? Les deux violeurs ne se sont pas aperçus de ma présence avant que je sois tout près d'eux. J'en ai vu un sortir un couteau à cran d'arrêt pour trancher le bandana de Kyoko, et au moment où la lame jaillissait avec un « clac », j'ai crié « arrêtez ! » en espagnol. Le type aux cheveux clairsemés s'est figé sur place, couteau en main, puis s'est approché de moi, le visage déformé par la peur et l'excitation. Les deux complices étaient habillés de la même façon : un pantalon et une chemise à manches longues tout crasseux, d'une couleur indéfinie, des chaussures de cuir noir, il n'y avait plus qu'à leur ajouter un seau et une serpillière et ils pouvaient faire figure de balayeurs dans un hôpital public. Je ne sais pas d'où ils pouvaient bien venir. Saint-Domingue, Porto Rico, Nicaragua, Colombie, Bolivie ou Pérou, mais c'est pareil partout, quand on arrive on ne trouve que des boulots de balayeurs, à moins qu'on vienne d'une famille très riche. Tous les deux, ils se sentaient seuls dans ce pays dont ils ignoraient tout, ils avaient une peur instinctive de tout ce qui les entourait, et quand ils s'étaient soûlés à la bière, ils devenaient méchants. C'est qui, ce déchet ? Allez, tire-toi de là ! Le type au crâne dégarni me postillonnait son haleine puant la bière dans la figure. Il avait mis une main sur mon épaule et levait le genou droit pour me balancer un coup de pied dans l'estomac. Heureusement qu'il ne m'a pas donné d'emblée un coup de couteau dans le ventre. Mes entrailles affaiblies n'auraient pas résisté même à une toute petite blessure, je crois que mon cœur se serait arrêté de battre tout de suite, et je n'aurais plus pu sauver Kyoko. Il fallait que je sauve Kyoko. Quand j'ai reçu le coup de pied, je n'ai pas senti la douleur, mais il m'a semblé que mon estomac me remontait jusque dans le gosier, j'en ai eu la respiration coupée, et je me suis effondré par terre. Le type m'a attrapé par le col et a brandi le couteau juste sous mes yeux. Allez, relève-toi, viens un peu par là, tu vas voir, je vais te saigner, je te tue, je te jure. Il me soufflait son haleine dans la figure. Une haleine de métis obligé de fuir son pays. Peut-être que si ce type avait été un gros Blanc au visage rougeaud, parlant l'anglais avec l'accent du sud, je n'aurais pas pu me défendre contre lui. Quand c'est un Américain de plusieurs générations qui me cherche des ennuis, je perds tout courage pour lui faire face, comme s'il me disait : personne ne t'a demandé de venir t'installer dans notre pays ! J'ai pris une profonde inspiration. Ce type-là, il est comme moi. Ignorant, impuissant, il est seulement mort de trouille, et en colère, mais moi, je ne sais pas si je vais avoir la force de parler, Dieu, donne-moi une voix forte, si tu me donnes assez de force dans la voix, après, je serai prêt à mourir quand tu veux.

— J'ai le sida. Regarde-moi bien. Si tu veux me tuer, vas-y, mais je te promets que tu seras éclaboussé de sang.

J'ai crié en espagnol avec mon accent cubain. Le type a eu l'air tout surpris et a lâché mon col, ensuite il a regardé fixement sa main pendant quelques secondes. Cette espèce d'ignare croit que le sida se transmet comme ça, que le virus rampe d'un corps à l'autre, aussi visible qu'une colonne de fourmis.

— Allez, dépêche-toi, imbécile, frappe, qu'est-ce que tu attends ? Je vais te prendre dans mes bras, me coller à toi, te mordre dans le cou, tu vas voir.

Je me suis levé en m'appuyant sur ma canne, et me suis dirigé vers le type, en chancelant. Une sueur froide et poisseuse comme de la brillantine dégoulinait tout le long de mon corps, j'avais l'impression que quelque chose dans mes entrailles s'était déchiré, j'ai concentré toutes mes forces dans les muscles de mon visage pour essayer de grimacer un sourire. Mais je ne sais pas si j'ai réussi ou non. Je me disais, si ça se trouve, c'est plutôt l'autre qui va éclater de rire en voyant ma tête, mais je me suis quand même approché de lui en disant : allez, frappe, frappe ! Le type a jeté un coup d'œil du côté de son complice qui maintenait toujours Kyoko par les épaules. Elle venait de reprendre connaissance, elle avait ouvert les yeux, et regardait la scène d'un air hébété. Au moment où j'avançais encore d'un pas en direction de l'homme au couteau, le deuxième agresseur s'est éloigné brusquement de Kyoko et a pris la fuite. Voyant ça, le type au couteau a pris lui aussi ses jambes à son cou.

Pendant qu'il s'éloignait en courant aux côtés de son comparse, je l'ai entendu lui dire : merde, je l'ai touché, moi !

Je me suis approché de Kyoko. Je l'ai prise dans mes bras en faisant attention que le sang sur mon bras, qui n'avait pas encore séché, ne la touche pas. Comme quand elle se précipitait vers moi, petite, dans le jardin public et que je la prenais dans mes bras. Ça va aller, ne t'inquiète pas, c'est fini, c'est fini, je lui ai murmuré un moment, en lui caressant les cheveux jusqu'à ce que sa panique se calme. Et ensuite, je l'ai appelée par son vrai nom :

— Kyoko.

D'abord elle a sursauté, puis elle m'a regardé dans les yeux, et elle a vite compris. Son expression de surprise s'est lentement muée en sourire. Il m'a semblé que ça durait très longtemps. Il m'a semblé qu'elle mettait plusieurs minutes, plusieurs heures, de longues heures, à construire ce sourire.

Nous sommes retournés au minibus en nous soutenant l'un l'autre, et elle a mis *Esperanza* sur la stéréo, et je lui ai demandé de danser le cha-cha-cha pour moi.

— S'il te plaît, danse le cha-cha-cha une fois avec moi, je t'ai seulement vue danser le mambo.

Je dois vraiment avoir quelque chose de cassé dans le ventre. Je n'arrive plus à réfléchir. J'essaie de me lever et de danser avec Kyoko mais je n'arrive plus à faire les pas du cha-cha-cha. Les tennis de Kyoko frappent le sol en soulevant une légère fumée, aussi joliment que quand elle était petite. *Esperanza*, c'est un morceau de l'Orquesta Aragón; c'est un prénom de fille, et ça veut aussi dire espérance.

Esperanza,
Esperanza,
Tu n'as rien dans la tête à part danser le cha-cha-cha
Tu ne connais pas autre chose, tu n'essaies même pas de penser, mais
Esperanza,
Moi je suis fou de toi,
Esperanza,
Moi je n'aime que toi.

— Eh, dis donc, c'est bientôt l'heure, m'a dit mon double, le fantôme caché dans l'ombre du bus. Le sang de mes entrailles déchirées me coulait par le nez et la bouche, et je me suis mis à parler au virus : je t'ai toujours haï, depuis le début, mais tout à l'heure, tu m'es venu en aide pour la première fois. J'ai vu la terre se rapprocher, puis j'ai vu le visage de Kyoko en gros plan, avec une expression de surprise horrifiée, et je me suis aperçu que j'avais oublié quelque chose, mais c'était trop tard. Je voulais lui dire : va à Cuba, mais c'était impossible, je n'arrivais plus à parler. Le fantôme s'est précipité sur mon corps gisant à terre, comme pour m'attaquer, il s'est allongé sur moi, et en peu de temps, il s'est complètement superposé à moi.

XIII

ALICIA FERNANDO MARTÍNEZ

— Il a toujours adoré danser, depuis tout petit, il dansait tout le temps, il a fréquenté plein d'écoles de danse, mais sa préférée c'était le cha-cha-cha.

Au début, je l'ai détestée, cette Japonaise.

Il y a eu ce coup de téléphone à l'aube, de la police de l'Etat, ils m'ont dit comme s'ils lisaient une dépêche : votre fils José Fernando Cortés est décédé hier sur une aire de repos de l'*Interstate 95*, nous allons ramener le corps chez vous, l'agent qui accompagnera la dépouille vous fournira toutes les explications détaillées sur les circonstances du décès. Et après, ils ont raccroché.

Je ne pouvais même pas pleurer. Je priais pour que ce soit seulement une mauvaise blague, mais j'ai tout de même téléphoné aux deux enfants qui me restent et à tous mes autres parents pour les réunir ici.

J'ai appelé Pablo à New York, il a fini par répondre, au bout de la cinquième fois que j'appelais, et d'une voix épouvantable, on ne peut pas imaginer une voix plus morne, il m'a expliqué tout un tas de choses sur mon José, des choses que je n'avais jamais soupçonnées.

— Ecoute, grande sœur, je ne peux pas faire grand-chose à part prier le bon Dieu pour qu'il allège un peu ta peine, seulement tu ne dois pas en vouloir à cette Japonaise, si elle n'avait pas été là, il serait mort dans le chagrin et la solitude à l'hospice de bénévoles de Queens.

Tard dans la matinée, un minibus rouge, précédé d'une voiture de police, est venu me ramener le corps de José. Il était enveloppé dans une bâche de plastique opaque, comme on voit souvent à la télé, j'ai tout de suite demandé aux pompes funèbres, que j'avais prévenues, de laver bien soigneusement le corps, de nettoyer le sang, les déjections et tout, et de le mettre dans un cercueil, et ensuite on l'a enterré avec des fleurs.

Ce sont les parents habillés de deuil qui étaient là qui ont posé les questions à ma place aux policiers et à cette Japonaise, moi je ne parle pas assez bien anglais. La Japonaise, elle était toute maigre, épuisée, elle avait une figure à faire peur. Le policier m'a expliqué qu'après avoir fait sa déposition auprès des autorités, elle était restée toute la nuit sans dormir à veiller le cadavre. Elle aussi elle a été victime, dans l'agression à laquelle a succombé José.

Cette Japonaise, elle avait un œil au beurre noir et des traces de coups à côté de la lèvre. Tous les parents rassemblés semblaient avoir pitié d'elle. Mais moi je ne pouvais pas lui pardonner. Il ne fallait pas lui en vouloir à Kyoko, si elle n'avait pas été là, il serait mort dans le chagrin et la solitude à l'hospice de bénévoles de Queens, il avait sûrement raison, Pablo.

— Mamá, je vais passer encore un peu de temps à New York, évidemment Miami c'est plus facile à vivre, il y a plus de Cubains, mais la vie à New York, ça me plaît, et ça vaut la peine pour moi, tu sais, il y a des écoles de danse d'un niveau bien meilleur qu'à Miami, si je fais encore quelques efforts, je deviendrai peut-être professeur de rumba au *Caribbean Culture Center*, à *Greenwich Village*.

C'était son dernier coup de téléphone, il y a un an et huit mois de ça.

Moi-même, je comprends bien, maintenant. C'était tellement soudain, je me refusais à admettre la mort de mon fils. Ma colère, ma tristesse ne savaient vers où se tourner et se sont focalisées sur cette Japonaise. Si cette fille n'avait pas été là, peut-être que mon José aurait pu vivre une semaine, non, deux jours, non quelques heures de plus. Et peut-être qu'il aurait eu le temps de m'appeler au téléphone, pour me dire : maman, je t'aime. Mais maintenant je n'entendrai plus jamais sa voix.

C'est cruel, mais ça m'était une consolation de la voir si émaciée, à tel point qu'elle paraissait prête à s'effondrer, et aussi de voir qu'elle ne se pardonnait pas à elle-même la mort de José. Elle ne m'avait pas encore regardée une seule fois dans les yeux. Elle restait debout, tête baissée, se mordant les lèvres jusqu'au sang, sans prendre la chaise sur laquelle les parents l'invitaient à s'asseoir, et supportait en silence d'être exposée ainsi aux regards de tous.

Tout un tas de pensées me traversaient la tête, je n'arrivais pas à calmer les émotions qui se bousculaient en tremblant au fond de moi. L'agent de police, mes enfants, la parenté, et la Japonaise aussi évidemment, tout le monde attendait que j'accepte la réalité et que je me réconcilie avec elle dans le chagrin.

— Tu es bête, hein, maman, pourquoi tu as tout laissé à La Havane ? Tu avais plein de choses, et tu es venue sans rien, quel dommage, et tu as laissé tous mes jouets aussi. Quand on est arrivés à Miami, José m'ennuyait, à me dire ça sans arrêt. Maman, tu sais, elle pensait seulement à vous amener ici sans encombre, toi, ta grande sœur et ton petit frère Miguel, maman, elle était trop occupée par ça pour penser au reste, quand tu seras grand, tu comprendras. Je lui répondais toujours ça. Je me demande s'il avait compris, José Fernando.

Moi, à la différence de la plupart des Cubains installés à Miami, je n'ai jamais détesté Fidel Castro. J'ai fui Cuba avec les enfants, mais même pendant la traversée en bateau jusqu'à Key West, je me disais, c'est ça, la révolution. C'est comme une opération. Quand on enlève une tumeur qui serait mortelle pour l'organisme si on ne l'en extrayait pas, on perd en même temps une partie du sang et des cellules saines. Ces dix dernières années, certains de mes amis ont été pardonnés pour leur exil temporaire et sont rentrés au pays. En voyant une vidéo de leur retour, sur laquelle ils dansaient la rumba, le cha-cha-cha et la salsa, je me suis dit, les Cubains n'ont pas perdu leur fierté. Si Fidel avait vendu l'âme des Cubains à la Russie ou à la Chine, on n'entendrait plus de musique, on ne verrait plus les gens danser au coin des rues, il resterait à peine une trace de ça dans les musées. Et José Fernando ? Aura-t-il su mourir avec la fierté des Cubains ?

— Mon fils…

L'attention générale s'est tournée vers moi, parce que c'était la première fois que j'ouvrais la bouche depuis le début.

— Mon fils, il a dit quelque chose avant de mourir ?

Ma nièce Patricia a traduit. La Japonaise, elle se mordait toujours les lèvres, elle a juste secoué la tête en silence. Elle était debout près de la fenêtre qui donne sur le jardin, et la lumière du soleil qui se couchait sur Miami, filtrée par les rideaux de dentelle, éclairait son profil. Son visage sensuel avait une expression vraiment douloureuse, elle avait l'air épuisée à force de pleurer, elle qui avait transporté José Fernando depuis New York, en roulant sans s'arrêter jusqu'à ce résultat imprévisible.

— Pourquoi est-ce qu'il n'a rien dit ?

Cette question, personne ne pouvait la poser, à part moi. La Japonaise regardait toujours par terre, et elle a mis un moment avant de répondre. Sans doute qu'elle se disait que si elle répondait, mon chagrin serait encore accru, ça l'inquiétait. Elle a quand même fini par dire :

— *He was dancing*[1].

Ça c'est de l'anglais que même moi je peux comprendre. *Dance ?* José Fernando, miné par le sida, dans un tel état qu'il pouvait à peine marcher, et il dansait ?

1. Il dansait. *(N.d.T.)*

— *Dancing with you*[1] *?* j'ai demandé, en anglais cette fois. Elle a hoché la tête comme en s'excusant.

— Quelle danse c'était ?

D'une voix presque inaudible, la Japonaise a répondu : le cha-cha-cha. C'était une voix qui disait : ce que j'ai fait est impardonnable, j'aurais dû l'amener tout de suite à l'hôpital. C'est ce que tout le monde aurait pensé. N'importe qui se serait mis en colère, ou alors aurait haussé les épaules avec dérision, en disant : quelle folie, laisser danser un agonisant !

Ce serait la réaction générale, mais ce n'est pas celle des Cubains.

Pour un Cubain, la danse, ce n'est pas un divertissement raffiné pour les dimanches après-midi. La danse, quand on est esclave ou réfugié, c'est quelque chose d'indispensable à la survie. La danse cubaine, ça commence quand le Cubain rentre dans sa modeste maison, après une journée de travail éreintant, qui le laisse comme une loque. Il danse pour récupérer de sa fatigue bien méritée, et pour retrouver la fierté, l'espoir. C'est pour ça que ses pas de danse doivent être naturels et beaux. José Fernando aussi il était comme ça. C'était un enfant faible, timide, il se faisait tourmenter par les autres à l'école, et quand il rentrait à la maison, il dansait toujours tout seul. Et jamais je ne lui ai dit d'arrêter de danser, je n'avais pas le droit.

— Le cha-cha-cha ? j'ai murmuré.

José Fernando est mort en faisant ce qu'il aimait le plus au monde. Et en plus, avec une belle fille venue

---

1. Il dansait avec vous ? *(N.d.T.)*

d'un pays lointain, à qui il avait appris la danse il y a douze ans. Il est mort en dansant avec elle…

— Il a toujours adoré danser, depuis tout petit, il dansait tout le temps, il a fréquenté plein d'écoles de danse, mais sa préférée c'était le cha-cha-cha.

Je me suis levée, je me suis approchée de la Japonaise. Je l'ai prise par les épaules, et je lui ai dit :

— Merci, merci de tout mon cœur.

ÉPILOGUE
KYOKO

Quand la mère de José m'a dit merci, j'ai enfin pu me pardonner.

C'était comme si José lui-même me disait merci.

Je lui ai offert l'abat-jour, en lui disant : c'est de la part de José.

Quand je lui ai raconté, avec l'aide de l'interprète, comment on se l'était procuré, cet abat-jour, ça l'a beaucoup amusée, elle était contente. Elle m'a dit :

— Si tu aimes le mambo, le cha-cha-cha et la rumba à ce point-là, tu devrais aller à Cuba.

La mère de José m'a accompagnée jusqu'au quai pour me dire au revoir, et j'ai pris le bateau pour Cuba.

Cuba, le pays de la musique et de la danse.

Les gens marchent lentement en regardant la mer, si belle, des couples d'amoureux, des gens mariés, ou en famille, tous, ils aiment la musique de chez eux, et la vie a un rythme nonchalant.

Dans une discothèque, je regardais, fascinée, deux Cubaines en train de danser de façon extraordinaire quand un jeune Noir m'a accostée :

— Danse avec moi.

Pendant que je dansais avec lui les pas que m'avait appris José, je me suis rappelé les paroles de la vieille Indienne de Virginia Beach, qui vivait dans une cabane.

Le futur est déjà entre tes mains.

J'ai compris ce que ça voulait dire.

Je suis en route vers quelque part.

Maintenant, c'est vrai, et ça l'était aussi avant que je vienne à New York.

Je suis en route vers quelque part.

Autrefois ça me fatiguait, ça me rendait impatiente, mais plus maintenant.

J'ai compris que le futur, c'est être en route vers quelque chose.

J'aime Cuba, mais je suis sûre que ce n'est pas mon but final.

A l'instant où on se dit : je suis arrivé au but, le futur s'évanouit.

Quand je suis en route, et que je sais apprécier le voyage, je peux tenir mon futur dans mes mains.

Même mourir, ce n'est pas le but (c'est plutôt un accident de parcours) et fondamentalement, rien n'a changé depuis mon enfance, depuis l'époque où je marchais le long d'un grillage de barbelés.

Seulement, maintenant, le grillage de barbelés que je portais en moi en permanence a disparu.

Autrement dit, je n'ai plus cette sensation d'être définitivement tenue à distance de ce qui est le plus important pour moi.

Cette sensation a disparu quand j'ai retrouvé José, et pendant ce voyage que j'ai fait avec lui.

Et ce n'est pas seulement José, c'est aussi en rencontrant tous ces gens au cours de ce long voyage, en parlant avec eux, en riant avec eux, que ça s'est effacé.

Je ne parle pas un mot d'espagnol, et mon anglais n'est pas fameux, alors ce n'est même pas sûr qu'on se soit compris. On s'est rencontrés, croisés, c'est tout. Je poursuivais mon but, et ma route a croisé la leur, simplement.

Je me demande si je serai toujours en route pour quelque part désormais.

Etre toujours en route, ça donne un sentiment d'instabilité, parce qu'on ne pose jamais ses bagages, mais je veux croire que ça me mènera quelque part.

Parce que la danse que m'a enseignée José, elle est là, dans mon corps, elle vit en moi.

POSTFACE

Pendant que j'écrivais ce roman, je pensais sans cesse à mon état d'esprit d'il y a vingt ans. Il y a exactement vingt ans, à l'automne, je finissais d'écrire mon premier roman, *Bleu presque transparent*[1], et je me suis rappelé mon humeur de l'époque, que j'avais longtemps oubliée.

Dans ce roman-ci, il n'y a ni sexe, ni sadomasochisme, ni drogue, ni guerre. Depuis l'œuvre de mes débuts, ces éléments ont été des motifs récurrents, utilisés comme moyens d'éclater ma conscience de soi, mais dans ce roman, c'était inutile.

Kyoko, jeune fille élevée près d'une base militaire, va à New York, puis voyage le long de la côte est des Etats-Unis, et finalement prend le bateau pour Cuba. Elle passe, comme une brise légère, au milieu de réfugiés, d'exilés, de malades du sida et d'homosexuels.

Dans le film, c'est Saki Takaoka qui joue le rôle de Kyoko. Kyoko telle que la joue Takaoka a dépassé en vérité le personnage que j'avais imaginé. Cette actrice

1. Traduit par G. Morel et G. Belmont, Picquier Poche n° 60. *(N.d.T.)*

est à mon avis dotée de toutes les possibilités et de tout le charme latents des jeunes Japonaises de cette fin de XXe siècle.

J'ai écrit ce roman dans l'intention de transmettre avec fidélité ces possibilités latentes que possède Kyoko, tout en conservant intact le charme du personnage du film.

Kyoko est une fable sur l'espoir et la renaissance.

J'espère que tous les gens qui vivent une situation difficile et désespérante et refusent de s'y laisser enfermer, continuant à chercher un moyen de s'en libérer, seront touchés par cette œuvre, et y puiseront du courage.

(Je suis reconnaissant à Mme Akiko Sudô du 10e bureau de rédaction des éditions Shûeisha pour sa patience et son aide.)

RYÛ MURAKAMI
4 octobre 1995
L. A.

(Dans la salle de montage des *Roger Cormann Productions*.)

Achevé d'imprimer
sur les presses des
Impressions Dumas
Saint-Étienne

Dépôt légal : janvier 1997
Imprimeur n° 33376